U0021842

ALL GENDER
RESTROOM

ALL GENDER
RESTROOM

兒子的男朋友

息子のボーイフレンド

Akiyoshi Rikako
秋吉理香子／著
emina／譯

目次

息子のボーイフレンド

第一章

莉緒

息子のボーイフレンド

或許是報應吧。

除此之外我想不出其他原因。

「你說的，是真的嗎？」

連我自己也沒發現，我的聲音正在顫抖。眼前低著頭、抽動著肩膀的聖將，看起來像個幻影似的模糊不清。

話說回來，這的確很不自然。

正值青春期、高二的兒子，不喜歡和母親走在一起也就算了，就連偶然在便利商店遇到也會視而不見。動不動就把「老媽妳很煩耶」掛在嘴邊。聖將正值這樣的年紀。

然而，他卻罕見地主動約我去家庭式餐廳吃午餐。今天是上學期期末考的最後一天。原本預定中午過後就會回家的。

「是從什麼時候開始……？」

「不知道。當我意識到的時候就這樣了。」

聖將用逐漸消失似的聲音回答。他的嘴唇上滿是汗水。胎毛已經濃到可以稱為鬍子了。偶爾會看見兒子使用老爸的電動刮鬍刀，正想著是時候買台兒子專用的給他。

「為什麼？怎麼會這樣？」

不知不覺變成了責備的口氣。不可以。這種時候不可以責怪他。這不是聖將的錯。聖將一定也很痛苦。

「如果有原因的話，我自己也想知道，好嗎……！」

聽著聖將硬擠出來似的聲音，我緊閉雙眼。啊，這並不是一場夢或惡意的玩笑。而是現實。

如果這裡不是家庭式餐廳的話，或許我已經叫出來了。或是在衝動之下，打了聖將也說不定。

我深呼吸、睜開雙眼。放在膝蓋上的雙手緊握著拳頭。

百分之百的犯人。聖將十分了解我的個性，所以特地把我約來家庭式餐廳。在眾目睽睽之下，我絕對不會過於激動。無論內心如何動搖、生氣，都會強忍下來，冷靜地應對。對於不惜採取不像個高中生的算計，也決心坦白的兒子，我不知道是要疼愛他，還是要憐憫他。

「所以……」

我的話才說到一半。

「哎呀，討厭啦！這不是莉緒嗎？」

被個瘋子似的聲音打岔。

原來是優美。

優美是我高中時代的好友，雖然因我大學畢業後不久就奉子成婚，而一度疏遠，不過幾年後優美也結了婚、而且就住在附近，因此後來又像從前一樣地要好。

「聖將也是呢！才一陣子不見，完全是個男子漢了呢。」

面對知道自己花了一番工夫才戒掉尿布、直到小學低年級時仍時不時尿床的優美，聖將靦腆地微微低下頭。

「真令人羨慕，母子兩個人單獨吃午餐！我家那個敏行，最近都不願意和我一起出門了呢。」

優美一屁股往空的椅子坐了下去，手伸向我盤子裡的炸薯條。優美從以前就是容易與人親近、不討人厭的性格。優美的兒子比聖將小四歲，剛剛升上國中。

見我和聖將都沒有接話、也還是低著頭，優美用紙巾擦了擦手、站了起來。

「討厭啦！氣氛怎麼這麼嚴肅！聖將，你該不會是把女朋友的肚子搞大了吧？」

還來不及否定，優美便帶著開朗的笑聲，揮揮手離去了。

優美是打算開個小玩笑嗎？

不過——目送著優美離去的背影，我心想——如果那是真的，該有多好……

假如現實中聖將幹下這種事情，我應該會暈倒。我會責罵他、打他，再把他拖到對方的雙親前面，陪他一起下跪道歉。可是就目前的我而言，雖然有欠思慮，那種事反而讓我有些羨慕。

從今以後，聖將不會讓女生懷上小寶寶了——

「那個，老媽我是這麼想的。」

重新整理了思緒，我直盯著聖將。

「我想是青春期常見的心理上的不確定。只要之後上了大學、出了社會，遇見不錯的女孩子的話就會——」

「老媽。」

聖將打斷我的話。

「我可以理解妳想要這麼想的心情。就連我也會想，如果這只是一時的那該有多好。我曾經和女生交往過，老媽也是知道的吧。但結果還是不行。對於老媽我真的感到很抱歉。」

「所以，你真的是——」

聖將打從心底感到抱歉似的、用力地點頭。

「嗯。我、喜歡男生。」

從家庭式餐廳回來後，我在客廳來回走了無數次。

無論做什麼都冷靜不下來。即便做料理也完全無法專注。

聖將在衝擊性的告白後，說自己還有約，便不知到哪兒去了。有約？和誰？要做什麼？要去哪裡？想問的問題一堆，卻問不出口。

怎麼辦？怎麼辦？怎麼辦？

實際上什麼也做不了，但從剛才開始腦子裡只想著這件事。有沒有什麼方法可以治好呢？是不是無法治好呢？該怎麼跟老公說？不、有需要說嗎？這種煩惱，我自己承擔就已經夠了吧——

突然間 LUNA SEA 的〈DESIRE〉闖進我的思緒。一時之間對於那個旋律反應不過來、持續著原始的步伐，後來終於意識到那是智慧型手機的來電、慌忙地接起了電話。

優美的來電鈴聲設定為〈DESIRE〉。因為我們從高中開始就是 LUNA SEA 的鐵粉。被主唱 RYUICHI 的神秘氛圍和優美歌聲瞬間征服，興奮尖叫收集著專輯和雜誌的剪報。優美特別喜愛〈DESIRE〉，擅自用我的手機把她的來電鈴聲設定成這首歌。順帶一提，優美不是 RYUICHI，而是 SUGIZO 派。

——莉緒？是我啦。剛剛似乎有什麼想不開的事情，一切都還好吧？

一心只想被優美天真爛漫的聲音拯救的我，緊握著手機。

「優美，幫幫我！」

我把聖將在家庭式餐廳裡的重大發表告訴了優美。雖然我舌頭打結、無法好好描述，不過優美還是很有耐心地聽著。

天啊，怎麼回事，所以意思是說，聖將是GAY囉？

優美不假思索地，說出了我因為不想承認、而刻意不去說的那個字眼。

「……或許真的是這樣吧。」

──還或許勒，就是這樣。

眼淚啪嗒啪嗒地流下來。明明沒有打算哭的。

「怎麼辦。這一定是現世報。」

──現世報？為什麼兒子會因為現世報而變成GAY啊。

「因為我們，以前不是都很喜歡BL嗎？」

啊，妳說那個啊，優美彷彿想起什麼似的笑了。

優美和我，高中時期很喜歡GAY。以現在來說就是「YAOI」①和「BL」的類別，正大光明地發售著漫畫和小說、雜誌，不過在當時是只能偷偷摸摸欣賞的東西。

當時GAY不如現在被廣泛地認同，就連以此為樂的女高中生也不多。雖然如此，不知道為什麼我和優美都沉迷於男男CP，在電車裡看到美型高中生或上班族的兩人男子便會興奮，一邊臉紅一邊讀著每一期以女性為目標讀者、以男生之間的戀愛為主題的「JUNE」雜誌。

在那之後無法就此滿足，於是開始自己繪製男生之間相愛的漫畫，給班上的所有同學看。不是牽手、親吻那種天真浪漫的內容，而是充滿了露骨的性愛場面、比男生看的色情雜誌或AV還要更激情、刺激的內容——講白了，就像是大尺度的成人電影那樣的東西。

當時，我曾如此提議。

「我們啊，如果結婚後生了男孩子的話，把他們養成GAY如何？」

優美也興致勃勃。

「好啊好啊。然後，讓我們的孩子變成一對CP。」

如此一來就能每天欣賞身邊的JUNE情侶了，我們還說過那種愚蠢的話。

好想回到那個時候給自己一巴掌。

「天啊。怎麼辦才好。兒子真的變成GAY了。」

想要變成漫畫家、藝人的夢想一個都沒有實現，怎麼偏偏就只有這個夢想實現了呢？

——稍微冷靜一下啦。他是不是在鬧妳啊？

「不可能。他是那種就連愚人節都不會做任何事的類型。」

——說不定只是暫時性的。

註①：YAOI是以男男色情為題材的漫畫與小說的俗稱，通常指有描寫性愛的色情作品、二創作品。

「聖將那副認真的表情，看起來不像是那樣。」

——為什麼突然間主動出櫃呢？

「那是因為……他說他有男朋友了。」

——夭壽喔。

「說什麼想要光明正大地交往。還說不想要偷偷摸摸，想要以男朋友的名義把他帶回家來。妳說我該怎麼辦呀？」

——是喔。那孩子是花美男嗎？

「妳不要說那種優哉的話好不好。」

——聖將長得這麼帥，說不定會是一對天菜情侶檔呢？

「我要生氣了喔。」

就算我加以責備，一定有朵朵白雲自從優美的頭上冒出，浮現著聖將和花美男男友卿卿我我的畫面。我們兩個人，以前只要在路上或電車裡看到花美男二人組，就會像那樣讓妄想無限擴張，然後當場萌死。

「正因為是別人的事妳才能這樣講。」

雖然我試圖撂狠話，但相反地，如果聽到優美的兒子是GAY的話，我也一定會樂於妄自幻想。畢竟優美的兒子長得也是很可愛。

「是不是該帶他去醫院呢？」

——這又不是什麼病，而且這樣會傷到聖將吧？妳到底是怎麼了。這種事情妳不是應該最能理解才對嗎？

說得沒錯。

被父母發現是同性戀而被關進精神病院，遭受周圍的霸凌、歧視，甚至不幸因此失去了生命，曾經我也因為聽到這些事情而落淚，激動憤怒地說要「保障GAY的人權」。可是，一旦現實中發生在自己身上的時候，我卻是這副樣子。

同性戀不是病，也沒有妨礙到他人。不過是性取向好巧不巧是同性而已。

這些事我都明白。

在我的大腦裡，充分地明白。

——會不會已經做了呢？

優美說。

「不要再說了！」

——不對啊，聖將不是有個女朋友嗎？

「是有過。是個叫做瑠音的可愛女孩，也有帶回來家裡過……。但聖將說，結果還是沒辦法。」

——沒辦法是什麼意思？

「我哪知道啊，那種事情。」

——啊！是不是硬不起來啊。

「優美！」

雖然很想生氣，但這種事情，除了優美之外，沒有人可以傾訴。

老公那裡雖然不是百分之百，但應該是沒有辦法說。我媽那裡應該也不可能商量這種事。只有熟知我的過去、且能直言不諱說出想法的優美，才是唯一能夠理解我的人。我突然感到害怕，彷彿全世界只剩我孤零零一個人似的。

——去見個面如何？和那個什麼男朋友的。

「別說了，我才不要呢。」

——妳也在意不是嗎？

「可是……我不知道應該用什麼表情見他。而且，我無法想像到時候我會不會做出什麼事。」

——正常應對就可以了。我想對方一定也希望如此。

「就算妳這麼說……」

——我覺得先了解是什麼樣的對象還滿重要的。

「雖然是這樣沒錯。」

——明天開始就考完試放假了吧？利用妳先生不在家的平日中午，請對方吃個午餐如何？更何況莉緒很會做菜，我相信對方一定會高興的。

「可是……」

要我歡迎兒子的男朋友，我真的做不到。而且邀請對方吃午餐的話，不就等同我認可兩個人的關係了嗎？

「做不到！我果然還是做不到！」

我喊叫著，咚地一聲按掉了電話。

聖將是GAY的這件事情，我絕對不認可。不可原諒。一定是因為我在高中時期，無腦地瞎說了「GAY好萌！」這種話，才會變成這樣的。

神啊，請原諒我。我會反省，請把我兒子變回直男！

我在心中朝著不知身在何方的神跪拜。

兒子算是MAN的。

不善於坐在書桌前讀書，喜歡活動身體，小學開始便多方從事各項運動。從棒球到足球、游泳等都讓他嘗試，最後選擇了空手道。武道對於精神鍛鍊很好，老公的熱心建議或多或少也有影響吧。曾經出賽過全國大會，目前是黑道初段。雖然上了高中之後去道場的頻率變少了，但想去的時候還是滿認真在練習的。

然而，究竟是什麼時候在哪裡出了錯呢？這世上多的是喜歡女生的人，為什麼兒子就連一點點也沒有呢？

現在我僵直地站在聖將的房間門口。

這幾年，我已經沒有機會踏進兒子的房間。

聖將剛上國中的某天，用完全變聲後的聲音威嚇：「老太婆，別進我房間！」在那之後，我就不再進他房間了。

那天，我體悟到兒子正式地放開了我的手。小時候總是媽咪、媽咪地跟在我身後，一上了小學，明明沒有任何人教他，卻開始改口叫「媽」，到了高年級便不想讓我去參加教學觀摩，升上國中後更是不肯與我對上眼、也很少開口與我說話。

但我不想認輸，吃飯時總是不停和他說話，也不斷提議週末時全家一起去看電影。然後某一天，我一如往常用吸塵器打掃、沒有敲門便進了聖將的房間時，就被大聲地怒罵了。睽違許久開口說的話，竟然是什麼老太婆之類的！

那種打擊就像是被鋼鐵製的大扇子K了一百下，不過我回過神後，「那麼今後你自己負責打掃」，我把吸塵器丟到他床上後，走出了房間。

等到我流下眼淚，居然是兩天後的事。由於打擊實在太大，腦子所發出的「哭出來也沒關係喔」的信號，似乎花了一段時間才被身體接收到。就像是年紀大了之後，運動後的肌肉痠痛，不會在當天、而是會在幾天後才到來一樣吧。當我晚上想沖個澡、打開更衣間時，看到洗衣機裡聖將脫下的T-shirt和運動短褲捲成一團、散發著男生的臭味，彷彿一直以來緊緊抱在懷裡的兒子突然去了很遠的地方似的，因此嚎啕大哭了起來。

在那之後，兒子的房間門，如同房間主人的心門一樣緊緊地關上，對我來說成了未知的領域。

然而現在，我正試圖打開兒子的房間門。

「床單，對、床單該換了。」

我對自己說。

可是我也知道這不過是個藉口。因為聖將經常會自己替換床單。

好想探究兒子的事情。我當然非常明白，身為父母這樣做是不對的。但是都到了這個地步，兒子的隱私什麼的，吃屎啦！

我堅定地發誓，就算房間裡滿是全身肌肉的裸體黃色書刊、GAY的色情片DVD，我都不慌張，然後「嘿呀！」一聲打開了房間門。

許久不見的兒子的房間，出乎意料整理得很乾淨。從床到書櫃、遊戲主機、以及幾年前告別學習用書桌換成可使用電腦的桌子。聖將自豪的Mac電腦，亮晶晶地供奉在那裡。

大學畢業後不久便懷上聖將、毫無工作經驗地過了十七年的我，生活中有智慧型手機就足夠，因此對於電腦一直沒有什麼興趣。可是，現在的我強烈地感到後悔。如果我知道如何操作的話，或許就能偷看兒子的郵件了。

「好了，來打掃吧。」

我扯開嗓門，彷彿在對著天上的某個人辯解似的。

我一邊把散落在地板上的漫畫收進書櫃、一邊檢查是否藏有那種書，沒有。一邊用著吸塵器、一邊偷看床底下，但也是什麼都沒有。把脫下來的帽T掛到衣架上、收進衣櫥裡。衣櫥裡除了衣服和包包、空手道的道服之外，好像沒有什麼不自然的東西。

我到底在幹什麼啊？

突然覺得自己的行為十分愚蠢，忍不住嘆了口氣。

我摺好在床上皺成一團的毯子。當我將床單從床墊上拆下來時，一陣聖將的味道傳了過來。

——這孩子，有沒有趁我不在的時候帶人來過呢？

我不禁停下了拆床單的手。

——該不會，還在這張床上……

明明沒有想要這麼做，幻想的雲卻在頭頂上展開。

「啊——！不要不要。」

我揮動雙手、試圖撥散那些雲。但我的大腦卻不聽使喚。

——是如何開始的呢？

——聖將是攻？受？

——過程中會發出聲音嗎？

幻想一個接著一個蔓延。對於曾經的 JUNE 讀者來說，男生之間的那檔事的發展，自然會想像到非常地細節。

天啊，我明明就不想知道兒子在床上的嗜好！

我用雙手啪啪地打自己的臉、匆匆地扒下床單，滾出了悶熱的臥室。

「妳最近怪怪的。怎麼了嗎？」

吃晚飯時，老公稻男對我說。手上拿著飯碗和筷子陷入沉思的我，一瞬間回過神來。那是出櫃事件後的第五天。

「為什麼這麼說？」

「啊！就妳一直在發呆呀。」

因為父母親的關係、從小在日本各個地方住過的老公，除了基本的關西腔之外，還混雜著各種方言，有著獨特的說話方式。

「才沒有這回事。」

「不過，妳最近也吃得很少呀。」

從那天開始，聖將每天都很晚、像是在躲什麼似地回家。由於很努力地連續好幾天熬夜準備考試，因此在考試後休假的日子裡，門禁比較寬鬆、也不會責備他。話雖如此，不知道是不是覺得碰面會尷尬，聖將彷彿計算好我睡覺的時間似地悄悄回來。

我也不知該如何應對，晚上早早就躺上床，每當中午左右聖將的起床時間，我便會到超市或圖書館，虛度光陰地打發時間。大概三點左右回家的話，聖將通常已經出門。這幾天都是如此，刻意地錯開彼此。

雖然心想不要在意、在意也無濟於事，但還是會不自覺地嘆氣，食慾也變差了。

「真的……什麼事也沒有。」

「是嗎？那就好。」

老公淡然地用筷子夾日式冷豆腐。這個人做夢也沒想過自己的兒子會是GAY吧？我盯著他的臉看。

「幹嘛呀，一直看著我。」

老公和我都沒有什麼不一樣的地方。但為什麼兒子會變成GAY呢？是教養方式？環境？還是天生的？我不知道。如果老公知道了會怎麼想呢？說不定會心臟麻痺發作。聖將是不是打算某天也向老公坦白呢？

「欸。」

「嗯？」

「你會想抱孫子嗎？」

「蛤？」

牙齒上黏著日式冷豆腐的蔥，老公愣了一下。

「為什麼突然說這個？」

「你回答就對了。」

「啊！我不是上個月才剛滿四十五嗎？孫子什麼的還是先饒了我吧。」

老公一隻手拿著啤酒大笑著。

對。就是這樣沒錯。

就拿我來說，一直以來也不是無論如何都想抱孫子啊。真要說的話，我二十三歲生孩子，光是把孩子養到現在就已經竭盡心力，也從來沒有後悔過

「如果當時再多生一個就好了！」

然而，當那種可能性從聖將的人生中完完全全地消失時，不知怎麼地變得非常想要個孫子。

要是老公也知道了聖將的秘密，應該會有同樣的反應吧。因為人類就是一種對於無法得到的東西會熱切渴求的生物。現在回想，之所以會對GAY如此憧憬，也是因為覺得無法得到吧？

唉，你和我的兒子聖將不想要孩子。杉山家的香火到這裡就斷了。

當晚，聖將果然也在十點過後才躡手躡腳地回來。

「你回來啦。」

看見身穿睡衣的我在等他，聖將不禁「哇」地叫了一聲。

「什麼嘛，還沒睡喔？」

「我睡不著啊。」

聽見我微微帶著挖苦的口氣，聖將不好意思地聳了聳肩膀。

「老爸呢？」

聽起來像是在問「已經睡了嗎」？也像是在問「那件事妳也跟老爸說了嗎」？

「就那樣啊。」

我模稜兩可地回答。

然後有那麼片刻，兩個人面對面低著頭，想不到要說些什麼、該怎麼說。

其實，我是準備和聖將對決才守在這裡的。聖將絕對不可能喜歡男生、這絕對只是一時的固執想法、總之先抱持著輕鬆的心情一起去心理諮商看看——我本來是打算如此告誡他的。

「啊，對了。」

聖將彷彿想起什麼似的開口。

「要不要去家庭式餐廳。」

「蛤。」

「走啦。反正老媽也睡不著不是嗎？去喝點東西吧。妳去換衣服啦。」

這麼晚了還去什麼家庭式餐廳，嘴上想這麼說，身體卻自動往二樓的寢室走去，拿了 T-shirt 和牛仔褲。去喝點東西吧，聽起來像是約會的邀請，讓我有一丁點心花怒放。

不吵醒老公、靜靜地換好衣服下樓後，聖將已經等在門外。外出時聖將貼心地走在靠車道的那一側。身高早已超越老公、肩膀和胸膛也很厚實。

——居然就這樣一個人默默地長大了。

我有點悶悶不樂。

家庭式餐廳人很多。等了二十分鐘終於有了位子，一坐下聖將便將 MENU 攤開，擺到我面前。

「想點什麼就點吧。我請客。」

「聖將請客？」

「嗯。我開始打工了。」

「真的假的。為什麼我不知道?」

「啊—,因為監護人同意書是請老爸蓋章的。從老媽這裡應該很難吧。」

老公應該是以為我一定也知道吧。有種只有我一個人被排擠的感覺,覺得不爽。

「在哪裡打工?」

「拉麵店。」

「是嫌零用錢不夠用?」

「就想要買遊戲和衣服之類的。也想換新手機。」

距離似乎越來越遙遠了。

「我要布丁聖代。」

我故意挑了甜點 MENU 裡最貴的。

「認真?現在這種時間?」

「有什麼關係。我就喜歡這個啊。」

「布丁聖代喲。跟小孩子一樣。」

哼。被十七歲的兒子當作小孩子，我也是傻眼。看著跟女服務生點餐的兒子，我在心中暗自碎念。

家庭式餐廳裡有著各式各樣的人。像是上班族的男性組合、OL、情侶……等一下，隔壁桌那裡，不正好是讀著BL雜誌、吵吵嚷嚷的女子團體嗎？

彷彿看到過去的優美和自己似的，我不禁有點頭暈。我說妳們啊，現在這樣開心地嘻鬧，要是將來自己的兒子真的走進那個世界的時候該怎麼辦呢？到時候還能同樣地開心嗎？在現實裡，而且還是發生在兒子身上的時候——妳們就不會這樣了。

「果然還是打擊很大嗎？」

在確認了把咖啡和布丁聖代端過來的女服務生走遠後，聖將開口。

「什麼東西？」

「不要裝傻喔。就是那個、我、只喜歡男生的事啊。」

「咚！」的銅鑼聲響又在我耳根響起。果然不管聽幾次，都是 100 Mega Shock ②。

「才、才沒有勒。」

「不用掩飾啦。突然說那種事，其實我也感到很抱歉。」

不知道是不是緊張，聖將用雙手漫無目的地轉著咖啡杯。

「我說老媽，妳還記得嗎？當我進入叛逆期、不和老媽說話的時候，妳不是曾經這麼對我說嗎。『如果你想要保持沉默，那也沒關係。不過，如果有一個人承受不了的事情，隨時可以說出來。我的心會隨時準備好的。』」

被這麼一說，我好像是有說過，但不太記得了。我想一定是受到隨意看看的教養雜誌或電視連續劇的影響吧？

「嗯。可是那時你完全無視我所說的話吧？」

當時聖將確實沒有回應，便直接走回自己的房間裡。

「但是呢，其實我非常地高興。那時，我剛發覺自己感興趣的全是和男生有關的事情。我不知道如何是好，對老媽也有點排斥。可是因為老媽那樣對我說，讓我覺得還是有人在支持我——其實，後來我回到房間後還因此哭了。」

「真的假的啦？」

「嗯，打中我這裡了。」

聖將用手指著胸口附近。

「原來是這樣啊……」

註②：100 Mega Shock 是日本家用電玩主機「NEOGEO」上市時的廣告台詞。

「所以，我想如果是老媽應該能夠理解，這次才鼓起勇氣的。不過只是讓妳感到痛苦了對吧。」

對不起，聖將視線往下、小聲地說。

一點都沒變。

只喜歡男生，除此之外，這孩子一點都沒變。

平凡無奇的高中生。認真上學、和朋友出去玩、打工、談戀愛——只不過剛好對象是同性。聖將還是聖將。

蜷縮著肩膀、等待著我的溫柔話語成為唯一救贖的聖將，還是個令人擔心的孩子。我可愛的兒子。

你不需要抱歉。

因為兒子沒有做錯任何事情。

「明天……好像有點趕。後天、還是考試後的休假日嗎？」

「誒。嗯，也沒有補課。」

「打工呢？」
「後天休息。」
「嗯……那麼，你有空嗎？」
「有空是有空啦。」
「你的，那個……男朋友他呢？」
「蛤？」
聖將眼睛睜得大大的。
「我在問你的男朋友是不是有空？」
「嗯啊，大學也正在放暑假。」
「是喔。那麼在家裡吃午餐如何？」
聖將臉上的表情，從困惑逐漸地轉變成喜悅。
「真的嗎！可以嗎？」
「可以喔。」

「老媽，謝謝。超開心的。」

聖將不斷說著成為我的兒子是多麼幸運，同時興致高昂地輸入著邀請對方的 LINE 訊息。

好了，我該怎麼辦呢？

得意忘形下，一不小心演起了開明的母親。

如同警惕似地，我死盯著映照在夜晚的玻璃窗上的自己的臉。

「呀齁——！我連魚子醬都給他買下去了。」

那天，幹勁十足的優美早上十點就來了。

不愧是從昨天傍晚就出去採買，DEAN & DELUCA 的橄欖油、INAUDI 的鯷魚罐頭、二十五年的巴薩米醋等，兩手滿是不輸給附近義大利餐廳的食材。

我打電話跟優美說要招待聖將的男朋友的事，得到了她的祝福。

——妳明明嚇個半死，但還是幹得不錯嘛。

「不過，這樣到底是好還是不好……」

——聖將很高興對吧。

「是這樣說沒錯。」

——那就是好啊。

「是嗎。……對了，優美。」

——怎樣？

「明天，妳可不可以來我家？」

——啊哈！我本來就打算這麼做啊。

這種好戲，我怎麼可以錯過呢？優美哈哈大笑。

「那個，妳要做提拉米蘇對吧？我買了瑪斯卡波內乳酪喔。莉緒做的提拉米蘇真是一絕。我則是專門負責切的。啊，義式生魚片的話我會做喔。」

喜愛狂掃食材卻不擅長料理的優美，時常在高級超市之類的地方「只看外表就購買」，然後帶來我家。

睡醒的聖將，看到站在廚房的優美、嚇了一大跳。

「哎呀，聖將早安啊——」

「您……早安。」

「那、那個，媽媽一個人準備料理太辛苦了，所以請了優美來幫忙。中午也會一起，可以吧？」

我當然不能說優美興致勃勃。不過，

「當然很樂意。麻煩您了。」

聖將卻以笑臉展現出優良青年的應對。

在蒸魚和燉煮牛肉之際，時間一下子就過去了。男朋友十二點半會來。只剩下三十分鐘了。我的心跳急劇加速。

「他說到車站了。我去接他。」

與平時不同、全身以黑色穿搭統一的聖將，從玄關出去。而且罕見地用鼻子哼著歌。那副喜不自禁的樣子，刺痛我的神經。

聖將打扮地如此時尚，是為了男生啊……

原來，對於聖將對女生沒興趣的現實，我尚未完全消化。如果可以的話，我還是希望他步上普通的人生道路。只要想到聖將的身體可能被男性觸摸，我的心裡就不平靜。照這樣下去，見他的男朋友什麼的真的可以嗎？不會張皇失措嗎？

突然，有種如同地面在搖晃似的不安襲來。

「那個。」

我抓住優美正在切洋蔥的手腕。

「還是……算了吧。」

「什麼東西算了？」

「見面這件事。」

「蛤？事到如今，妳在說什麼啊？」

「就說我身體不舒服好了。」

「妳是傻了嗎？聖將都已經去接他了。」

「我打他手機。」

「到這個節骨眼了才臨時放鴿子？」

「因為我真的很害怕。」

「北七！」

一個巴掌打了過來。

就這麼一瞬間。

「聖將他啊，比妳更害怕吧。向妳坦白的時候，想必做好了必死的覺悟吧。可能被鄙視、可能被責罵、可能從此斷絕親子關係……好幾年、好幾年，都是這樣膽顫心驚地活著。承受著這些痛苦的，不是妳。是聖將喔。有什麼關係，見一次面罷了。如果連這樣都無法接納的話，那還當什麼父母親啊，北七。」

優美一口氣喋喋不休地說完，便又開始切著洋蔥。我連感受臉頰疼痛的間隙也沒有。

玄關的門打開。我回來了、接在聖將雀躍的聲音後面，打擾了、聽見了文靜但很明顯是男性的聲音。啪嗒啪嗒的腳步聲朝著客餐廳接近。被優美打了的臉頰，現在開始一陣一陣地刺痛。

「老媽！我帶他來了！」

如同要撞開客廳的門似的、聖將以驚人的氣勢闖了進來。臉上的表情，和喊著媽咪、媽咪黏著我不肯放開的時候一樣。我鼓起勇氣，把視線移向兒子的背後。

有些拘謹、但帶著爽朗笑容的青年站在那裡。身高比一百八十公分的聖將還要高一點。水藍色的POLO衫和牛仔褲。在可接受範圍內，偏長但乾淨的髮型。沒有耳環、戒指、項鍊等飾品類的物品，整體氛圍穩重而不輕浮。是附近鄰居的歐巴桑們會八卦說「這樣的孩子要是我家的孩子該有多好」的那種青年。
「這是我家老媽。然後是住附近的優美阿姨。這傢伙是雄哉。」
「我是藤本雄哉。初次見面。」
跟著對方的動作，我也尷尬地點了點頭。
「歡迎！就快煮好了，再等一下下。我來去泡茶。」
優美如同這個家的主人似地說，代替直直地站在原地的我，把聖將和雄哉帶到餐桌坐好，迅速地泡好了紅茶。我被優美輕輕地戳了一下，慌慌張張地煮了義大利麵、與手工製作的羅勒和橄欖油的醬料拌在一起。
「那個、這個。」
料理全部上桌後，雄哉怯生生地拿出了用蟬翼紗包裹著的酒瓶。
「這是紅酒。我想或許可以搭配。」
「我跟他說過不用帶伴手禮，可是他無論如何都堅持。」
聖將的語氣中帶點驕傲。

「夭壽喔，這不是柯波拉的嗎?莉緒，妳喜歡這個紅酒對吧。謝謝你啊。」

又被優美戳了一下，我咕噥了聲「謝謝」回應。

雖然開始吃飯，氣氛卻微妙地不自然。我沒辦法正大光明地看雄哉的臉。雄哉或許也直接地感受到了我的困惑，低著頭默默地動著叉子。

「我說你們兩個人，是怎麼認識的啊?」

優美大膽的提問，讓我大吃一驚。

「啊，一開始是在網路上。」

「網路?」

「有個音樂的社群，在那裡聊天之後變熟的。然後雄哉約我去看他的樂團的現場演出。對吧?」

「樂團的現場演出，其實不過是大學的社團，玩票的程度而已。」

「這樣啊——。雄哉、你多大啊?」

「二十歲。」

「比聖將大三歲。大學生？讀哪裡？」

「S大學。」

「哇！這麼聰明啊。」

「沒這回事，我也重考過一年。」

優美瞄了我一眼。對於雄哉帶來的紅酒、原本打算賭氣而忍住不喝，可是不把自己灌醉的話實在撐不過這頓飯，我只能投降，現在已經喝到第二杯了。

哼。頭腦好又怎樣。對方是男的喔、男的。然後我家孩子也是男的。男生與男生的情侶。為什麼會是這樣呢？

「什麼科系的？」

「政治經濟。」

「真是優秀呢。」

所以說那又如何——？。我咕嚕咕嚕地灌下紅酒。

「對了對了、雄哉，你喜歡聖將哪一點？」

妳問這什麼鬼問題啦！我瞪著優美看。優美卻一副泰然自若的表情。

「好討厭喔。難道說、優美阿姨妳也知道喔？」

聖將抓了抓頭。

「當然知道啊。莉緒和我可是好閨蜜呢。再說了，我可是支持你們的喔。」

「真假？能理解的人突然增加了，超開心的。」

呿、我並沒有理解好嗎？

「所以呢，你到底喜歡他哪一點？」

「呃——、真的要回答嗎？」

雄哉的臉泛紅。

「嗯……很陽光、很率真的地方吧。還有，很重視家人的這一點也很加分。」

家人，對於這句話，帶著醉意的我也有了反應。

「可是，這孩子、在家裡的時候一句話也不肯說。」

「通常男生在家裡都是這樣的，可是這傢伙……啊！我是說從聖將平常所說的話裡，可以感覺到他有著良好的家教。而且也可以說是個正面意味的媽寶，無論去哪裡吃飯，他經常會說老媽煮的菜還更好吃。還有我家老媽是90年代視覺系樂團全盛時期的見證者、對於當時的樂團瞭若指掌、在KTV唱LUNA SEA的歌是世界第一之類的。啊，他還有說過最喜歡媽媽。」

「……這些、是真的嗎？」

我迷迷糊糊地看著雄哉。第一次正式和他對眼。雄哉給了我一個微笑。

「沒錯，是真的。」

他的目光非常溫柔又清澈。

原來如此。

這個孩子，就是個普通的好孩子。只是剛好喜歡上我家兒子而已。

不一定只有普通才是幸福。就連男生和女生，要在幾十億人口裡找到彼此、相互吸引、在一起都接近奇蹟了。明知道有種種偏見和阻礙，這兩個人也決心要交往，難道不是一件非常純粹無瑕、神聖的事情嗎？

更何況，聖將是第一次露出這種表情。

比起空手道比賽獲勝的時候、錄取志願的高中的時候，看起來都更加、更加幸福的表情。

可是──在我心底，卻還是希望聖將能夠和女生談戀愛、結婚。理性上努力地想要去理解、肯定聖將，但情感上的腳步總是跟不上來。

啊──到底、該怎麼辦才好！我的大腦一團亂。不過要是說到身為父母親應有的正確態度的話……那一定是認同吧。

因為他就已經是GAY了嘛。已經成為GAY了嘛。任誰都束手無策。對於聖將而言，得不到我的認同，一定是最痛苦的事吧。

我受夠了。

就認同吧。

就接受吧。

他原來的樣子。

可是、可是、可是可是可是可是——

「不可以發生性行為！」

所有人傻眼地抬頭、看著突然把手按在桌子上站起來的我。

「不可以發生性行為。這個我絕對無法接受。」

看著眼神呆滯、如同念經似地不停跳針的我，優美急忙想安撫我坐下。

可是我揮開了她的手。

「我不是因為你們都是男生才這麼說的。就算是這個年紀的男女情侶，身為父母的一樣會這麼認為對吧？保持清白的交往、在遇見真正命中注定的那個人以前都不能輕易發生肉體關係。就像那樣。你們兩個都還只是孩子。

在能夠真正地為對方負責前，不可以做那種事的。不應該做那種事！在完全地接受了對方的人生以後，我們再來談這件事。

不能說什麼因為雙方都是男生所以不會懷孕這種話。比起肉體關係，更重要的心意相通！如果沒有決心要一輩子陪在這個人身邊的話，就不可發生性行為！No sex before marriage！」

我越說越激動，最後以 RYUICHI 般的嘶吼結尾，筋疲力盡、砰地一聲跌坐進椅子裡。三個人愣了一陣子，然後雄哉忍不住笑了出來。

「你老媽、真的超屌的！」

在那之後，聖將和優美也笑了起來。只有我一個人，不知道為什麼會被笑、臉頰因紅酒而興奮地發燙。

在那之後，我的記憶就斷片了。

我勉強回想起，最後我一個人喝掉了整瓶紅酒、搖搖晃晃地走到與餐廳相連的客廳的沙發上。可是在那之後的一切我都不記得了。能夠想起的，是三個人的笑聲、以及優美高聲地說「為了聖將和雄哉、在未來的某天可以上床而乾杯！」的聲音。

我醒了過來。

睡衣穿得好好地。時鐘顯示是早上八點。旁邊的床位上，已不見老公的身影。

我從昨天的午餐後，就一直在睡嗎？這怎麼可能。

「該不會……全都是一場夢吧？」

聖將只喜歡男生的事、以及帶戀人回來的事。因為，明明昨天還穿著連身洋裝試圖裝年輕、喝得酩酊大醉的我，現在卻像這樣穿著睡衣好好地躺在床上不是嗎？

「什麼嘛、太好了……」

當我安心地嘆了口氣、移動身體準備起身的瞬間，頭痛到像是要裂開了一樣。而且還覺得想吐。我一邊回想起懷著聖將的時候、一邊趕往廁所。

——果然，這不可能是夢。

我抱著馬桶吐著胃酸，年紀一大把了還幹出宿醉這種事、真是可悲。伴隨著無法抑制下來的胸口灼熱，我把馬桶洗乾淨，走向洗臉台。嘴裡還殘留著苦味和酸味，我漱了好幾次口，擠出比平常多的牙膏刷了牙。

「咦、老媽。」

上完廁所的聖將，看到我露出吃驚的表情。

「妳沒事吧?誰叫妳不想想自己的年紀，喝成那個樣子。」

「你不要那麼大聲。我的頭吱吱作痛。」

「妳啊，真的很扯。」

「但不管怎麼喝，大人就是大人。我不是有好好地換衣服上床睡覺嗎?」

「蛤?」

聖將的眼睛瞪得圓圓的。
「所以妳都不記得了？」
「什麼事？」
「老媽，妳喝到吐的說。」
「怎麼可能！」
「真的啊。本來以為妳只是躺在沙發上，然後就聽見嘔噁——。總之超慘的。」
「怎麼會這樣……」
「就是這樣好不好。是雄哉幫老媽換了衣服，還清理了所有嘔吐物。那傢伙家裡，有個臥病在床的奶奶。因為他很習慣清理排泄物和換衣服，所以全部都是他一個人處理的。」
「我的天啊。」
被打敗了。

第一次見面被我搞砸了。

傾吐了連自己也不想看到，胃裡尚未消化完成的髒東西，甚至連裸體都被看光光了。不知道是幸還是不幸，他對女性的身體、而且還是個中年婦女，一點興趣也沒有。

「沙發和地毯也是他清乾淨的喔。然後用公主抱把妳抱到二樓的房間去睡覺。明明是現代的年輕人卻能做到這樣的事情，優美阿姨可是相當感動呢。」

確實是這樣。我應該感謝才對。

可是實在是太糟糕了。真希望從記憶裡把這一切都消除。

「給你們添麻煩了。」

「不過那傢伙完全不在意呢。甚至覺得很有趣。雄哉的母親已經過世了。這樣真好。雄哉總是如此羨慕著。而且就算母親還在世，也不知道彼此間的信任關係是否好到能夠出櫃的程度，也可能沒辦法像這樣一起開心地喝酒。你有個好媽媽呢，雄哉說了好多次。我也是這樣想的。真的很謝謝妳。」

對於一個會喝到吐的母親，還能如此替她說好話，雄哉絕對是個內心善良的孩子。更何況還自己主動來照顧、打掃。在這個世道，這樣的年輕人很稀有吧。能夠遇見像雄哉這樣的孩子，說實話我很高興。

「……你的眼光還不錯嘛。」

「什麼？」

「沒什麼。我說下次再帶他來吧。」

「真假？可以嗎？」

聖將的臉閃著光。

說實話，我心裡還是很亂。不知道能不能完全接受。可是為了聖將，我決定努力看看。

我回了一個微笑、然後搖搖晃晃地爬上階梯。吃幾顆克潰精，再睡一覺好了。

「啊、對了，老媽。」

爬到一半聖將叫住我。

「妳那段演說，真的是讚爆了！」

「把那個給我忘了！」

我竭盡力氣、慌張地跑上通往二樓的階梯。我想快點從聖將的眼前消失。

「啊，還有、妳幫我打掃了房間，3Q喔。」

關上寢室的房門前，聖將爽快地丟來了這麼一句話。

最終，我也不知道兩個人是否有把我的演說聽進心裡。

我不想問、也不想知道。

從雄哉到家裡來拜訪差不多過了兩個禮拜。應該不可能進展地這麼快吧，我想。

在那之後，變成由我打掃聖將的房間。就算我沒敲門就打開房門、或是聖將不在的時候任意進去，他都不在意。我認為這是他敞開了心房的證明。已經不需要再對我隱瞞、所以感到安心吧。自從出櫃後，和兒子之間的距離快速地縮短了。

可是，聖將不會知道。

只要床單上出現一點污漬、或是不自然的皺褶，妄想的雲就會立刻籠罩在我的頭上。

——至少絕對接吻過了吧。

——先採取主動的，果然還是雄哉吧？

——不不，看似是攻，其實是受之類的。這種反差比較萌。

——不對不對，攻受交替也是有可能的？

床單成為螢幕、以兩人為主角的BL電影無邊無際地展開。

「停止、停止，停————止！」

今天我也大聲地警告自己、攤開了剛洗好的床單。
我只希望兒子能在這上面幸福地睡著。

第二章

聖將

息子のボーイフレンド

結業式結束後走出校舍，周圍一帶像是過曝的照片一樣地白，我不禁瞇起了眼。

以衝刺的速度穿越校門。一如往常的通學道路、總是不肯變換的號誌、通過小學校園之類的前往車站。明明是再熟悉不過的街道，看起來卻比之前更加閃閃發亮、閃耀著光芒。就連總是對著我吠叫的醜狗，都想跑到牠面前說「好乖好乖」並且撫摸牠。

究竟是為什麼呢？才剛想，馬上就有了答案。

因為老媽認可了雄哉。

從那天起，整個世界都變了。

出櫃這件事，需要極大的勇氣。學校的朋友過了幾年可能就不會再見面，但家人是往後的幾十年都會在一起。我不想隱瞞一輩子，那樣子太痛苦了。反正總有一天要說，於是我決定在交到生平第一個戀人的時候就做這件事。

當時我緊張到頭快要爆炸，也感受到老媽陷入了慌亂狀態。所以當她說要邀請雄哉來家裡時，我簡直不敢相信。

雄哉。

自豪的戀人。

居然會有可以堂堂正正地介紹給老媽，以及優美阿姨的一天。

當然，我也打算某天讓雙方見面。原以為那是好幾年後的事情。要得到認可，我想應該需要一段很長的時間。可是沒想到在出櫃的一個禮拜後就實現了。所以世界閃耀著光芒也就不奇怪了。

「聖將——！」

宏亮的聲音追了上來。停下腳步回頭看，從幼稚園開始的一段孽緣，阿哲跑了過來。

「我說你——、會不會走太快——」

阿哲氣喘吁吁地戳我的肩膀。

「立馬走人是哪招。也太冷漠了吧。」

「歹勢。」

「你今天也是走那邊吧。……奇怪了？」

阿哲用手背抹去汗水、同時偷看著我的臉。

「發生了什麼好事嗎？」

「欸，為什麼這麼問？」

「你臉上好像帶著微笑。」

由於認識很久了，阿哲馬上就注意到我的變化。

「我才沒有在笑勒——」

「啊，你這小子該不會是交到了新的女朋友了吧？」

阿哲的敏銳令我佩服。

「並沒有好嗎——」

我沒說謊。我是沒交到女朋友。

「十分可疑喔——。不過呢，你如果交到，我也就放心了。畢竟被瑠音甩掉後，你就一直無精打采的樣子。」

瑠音讀隔壁班，是個長得可愛、功課也很好的優等生。她是我的第一個女朋友，而且也應該是最後一個女朋友。

從小學時期開始總是只被男生吸引，那時還以為大家都是這樣。伴隨著成長，了解原來女生喜歡男生、男生喜歡女生才是自然，不過當時還只是個孩子、談不上什麼煩惱，對於自己無法喜歡上女生這件事，只是單純地覺得不可思議。傻傻地以為只要再長大一點應該就能喜歡上女生了。

四年級的時候，班上的人以「喜歡男生的變態男」的定義、讓我知道了同性戀這個名詞。班上所有人拍著手說「好噁——」、同時呵呵地笑著。咦、這個、不就是在說我嗎？雖然內心感到焦慮，但我也和大家一起拍手笑著。

回家上網查了一下，發現這並不會隨著成長而有所改變，而且似乎也不屬於一般情況，我瞬間面色如土。網路上充滿著各種嘲諷和侮辱、歧視的發言。而表面上和班上所有人一起笑著的我，和這些中傷者們有著同樣的罪，我為此感到悲傷。

一定要隱瞞。

絕對不可以讓任何人知道。

那天之後，我一直扮演著普通的男孩子。國中時和朋友一起瀏覽色情網站、吵吵嚷嚷地喧鬧。不過被女生告白時我會找藉口推辭，沒有和任何人交往。

這樣的我，在高中遇見瑠音時，情況有些不同。瑠音開朗又聰明，聽到她呆呆的笑聲，心情都好了起來。看到瑠音和其他男生要好時我會忌妒，好像被人搶走了一樣。

咦！這個，不就是喜歡嗎？

這表示我很喜歡瑠音不是嗎？

對於能夠喜歡上女生這件事，我放心到有點想哭。什麼嘛——，我、其實很正常嘛。因此當瑠音約我大年初一去參拜，在回程的路上對我說「要不要交往？」的時候，我開心到馬上說OK，無論去哪裡都帶著她。帶她回家的時候，老爸和老媽也都對瑠音稱讚不已。

音樂和遊戲的興趣完全相同，有說不完的話題。在一起的時候幾乎忘了時間的存在。可是——當我到瑠音的房間去玩、兩個人初吻的時候，卻完全沒有任何感覺。不只如此，我甚至感覺有股寒意。

奇怪？

我，不是喜歡瑠音嗎？

喜歡的話，就會接吻不是嗎？

太奇怪了。感到焦急的我，摸了瑠音的胸部。從毛茸茸的gelato pique

家居服上面，依舊可以感受到活生生的胸部。可是我又感到一股惡寒。那時我的情緒很混亂，但如今我明白了。這就像是一個對男生沒有性趣的男生，去摸對方的老二會感到的不快是差不多的吧？

我停下手。喜歡瑠音的心情如假包換、是真的。不過，終究不是愛情。

瑠音微笑著說「小聖你真老實」，然後像什麼也沒發生過似的陪我聽音樂、玩遊戲。可是在那之後我不知道要如何面對她，便已讀不回她的LINE，於是她說「交往的事，要不到此為止吧」。我也只是「嗯」地點了頭，從大年初一參拜開始的交往，短短三個月便結束了。新學期開始前，瑠音和大一屆的學長展開交往直到現在。

所以雖然在阿哲眼裡，我是因為和瑠音分手而意志消沉，但實際上是因為這回我不得不承認自己只喜歡男生的事實。無論喜歡上誰，只會讓對方覺得噁心。萬一不幸兩情相悅，這段關係也只能成為秘密。今後該如何是好，我身處在絕望的邊緣。

不過現在不一樣。現在的我非常幸福快樂。

「也好，沒有女朋友的話就簡單多了。今天有聯誼的說。和A女子學院。你會來吧？」

「我先不用。」

「為什麼啊。今天打工輪休不是嗎？」

「反正我不去。我有約了。」

「蛤？聯誼至少陪我去一下吧。你來的話氣氛會比較HIGH。還是說你真的交了女朋友啊？」

「隨便你怎麼想——。就這樣，我趕時間先走囉。」

當我再度加速，身後傳來「好難相處！」的怒罵聲。不過，我完全不在意地繼續跑。

啊。抬頭望去，一片像是會把人吸進去似的高聳的、無邊無際的藍天。

第一次見到雄哉的那天，天氣也是這樣好到不行——

發現成為與雄哉相遇的契機的音樂社群，是在和瑠音分手不久後的春假，那時正悶悶地苦惱於身為GAY的自己。試著慢跑、去久違的空手道場去流一場汗，心情卻一點也沒有好轉。想說聽些刺激的音樂釋放一下、在搜尋歌曲的時候，來到了這個音樂社群。

社群裡約有50位成員，不侷限音樂類型。所有人隨心所欲地發布，喜歡的話就留下評論。不喜歡的跳過也OK。不過於拘泥的感覺很舒服。

投稿的內容有專輯的封面照、粉絲的二創、新歌的感想、演唱會的心得等。最受歡迎的是「唱看看」「彈看看」等的影片類型，而其中有個投稿與眾不同的「擅自製作了MV」影片、使用者名稱為U的人。

雖然說明欄寫著是以智慧型手機進行拍攝及剪輯，主要是照片串聯而成的拼貼影片，但每張照片都有著令人驚豔的色彩及構圖，可以感受到獨特的品味。每隔數週上傳一次的影片總是令我期待、也一定會發表感想。

後來變成透過手機訊息聯繫，得知U在樂團裡彈奏貝斯。如果是翻唱樂團的話，學校的輕音部裡也有，但在我的生活圈裡，沒有創作原創歌曲的人。

透過網路請對方讓我聽了歌曲，整個讚到一個不行。

「有種初期的X的感覺呢。在後面加上JAPAN之前、YOSHIKI還是刺刺頭的時期。」

我在訊息裡這麼一說，「你為什麼會知道？按照你的個人檔案，你應該才17歲不是嗎？」他回覆。

「我老媽當時很喜歡。」

「欸——。那你媽還有聽什麼其他的嗎？」

「她最喜歡的好像是LUNA SEA。還有MALICE MIZER的樣子。以及雖然不算視覺系、不過家裡有町田町蔵、BLANKEY JET CITY、Laughin' Nose等樂團的CD。她很自豪曾經去過BLANKEY的日比谷野外音樂堂演唱會，經常穿著那件T-shirt。

她也聽國外的樂團喔。比如說SONIC YOUTH、Neubauten、The Cure

之類的。」

「你媽真的很酷。」

在這樣一來一往之間，「四月底有現場演出。你來看啊。」他約我。

U是個怎樣的人，我完全不知道。年紀多大、社會人士或是學生、就連是男是女也一無所知。他總用「年輕人」稱呼我、和老媽聽著相同的音樂，應該是和老媽同個世代吧，我默默地心想。雖然有些失禮，我想應該是大叔大媽拖著青春的尾巴在玩的樂團吧。

原本以為現場演出一定是在晚上，沒想到是從中午過後開始。因為參與演出的樂團很多，要花上一整天的時間。出門後春天的好天氣很舒服，還有能一眼望穿的澄澈藍天。

我看過許多影片網站，以及老媽私藏的現場演出錄影帶。觀賞正式的現場表演這還是頭一遭。我滿心期待。

轉了幾趟電車後抵達的 LIVE HOUSE 位於地下室，立在入口處的電子看板上「S大樂團社 新生歡迎音樂會」的文字閃著光芒。原來U是大學生啊，出乎我意料之外。

會場裡沒有一般客人，所有人一團和氣地聊著天、喝著東西，等待現場表演開始。我不是太懂大學社團的運作方式，但就我推測，這是為了讓四月即將入學的新生、觀賞前輩演奏的現場表演。整體氛圍就是自己人的發表會，只有我一個人顯得格格不入。如果早知道這是社團活動，我就不會來了。

U的樂團打頭陣，演出時間約二十分鐘，於是我決定看完這段就走人。情緒空白。找了個空位坐下來後，舞台上出現了四個人影。一位女性坐在鼓手的位置、一位男性拿著吉他、一位女性正在為貝斯調音，還有一位拿著吉他的男性站在麥克風架前。因為U是貝斯手，應該是那位女性吧，我一邊想一邊盯著她看。短髮、柔和纖長的脖子線條讓人印象深刻，是個眼神銳利又漂亮的人。

鼓聲倒數後曲子開始。吉他響起。紅色、藍色的炫目燈光刺進眼裡。我不自覺地閉上眼睛。爆音震耳欲聾、身體也能感受到透過地板反射而來的震動。如同要沸騰似的、體內的血液被翻攪著。

現場表演，原來這麼有震撼力啊。

確實可以理解老媽當年為何如此著迷了，我一邊心想一邊睜開眼睛——我的目光被占據了。

彈著吉他唱著歌的，是一位身高很高、五官端正的男性。我不知道吉他的技巧如何，不過聲音就連素人都聽得出來很棒。聲音略帶沙啞、卻清亮且具有深度。我瞬間被迷住了。

原來世界上有這樣的人存在。

我已經沒在聽音樂了，只是用眼睛不停追逐著那個人。隨著燈光變換，他的皮膚變成了紅色、綠色、藍色、紫色，就像隻熱帶魚。

正當我看到入迷，五首歌的短暫演出便結束了。我無法呼吸。光是看著那個姿態，我便覺得胸口難受。這種感覺還是第一次。

不行啊。不可以愛上。反正絕不會有好下場的。

在拍手聲中，成員們從舞台上直接走到觀眾席。「在下個樂團準備好前，先休息一下。」貌似社團領導者的男性大聲地說著，其他成員則把樂器搬上舞台。

應該是U的女性，揹著貝斯往這裡走了過來。我從椅子上站了起來。名為打招呼，實際上我的內心是想要知道剛才那個吉他手主唱的名字。

「你好，我是聖將。」

她只是站在那裡，納悶地皺著眉頭。

「就是、那個……在社群上——」

「啊，你就是聖將嗎？」

一回頭，那個吉他手主唱就站在那裡。

「是我啦，U。」

「U？可是，不是貝斯手才對……」

「吉他手主唱發燒倒下了。所以由我來代替。」

「原來是這樣子。」

這個人，居然就是U啊……

「對了，我的本名是雄哉。聖將是你的本名嗎？」

「是的。我叫杉山聖將。」

「這孩子是誰啊，還滿可愛的說。」

那位女生一邊放下貝斯一邊問。

「網路上認識的人。今天第一次見面。」

「網路？聽起來有點——宅。」

她開玩笑似地笑著。

「我叫美彌子。是雄哉的女朋友。」

她伸出奮力彈奏貝斯的手。我回握那柔軟的手，胸口一陣劇痛。看吧，這不馬上就失戀了嗎？

「表演結束後有慶功宴。一塊兒來吧。」

美彌子說，雄哉點頭。

「好主意，你就來吧？」

「啊，不用了——」

「不必客氣。不是社團成員也可以參加的喔。」

「不了，明天還有古文的小考，不能不念書。」

「欸、這麼認真啊。」

雄哉笑了。

「那黃金週結束之後呢？大家要一起去看花火。人越多越好玩。」

「花火？在這個季節嗎？」

「雖然不如夏天，不過春天也有幾場花火大會呢。我們要去的是一個叫做音樂和花火的饗宴的祭典，會有音樂配合花火表演。在河邊以音樂和花火當作下酒菜、熱熱鬧鬧地喝酒是最棒不過的了。啊，我們不會讓高中生喝酒的，你儘管放心。我們是很正派的社團。」

我想都沒想就立即回答。

「我參加。」

交換了 LINE 和電話號碼後，我離開了 LIVE HOUSE。

結果那天我整個小鹿亂撞，根本就無法好好讀書——

沉浸在回憶裡的我，回到家後馬上衝去洗澡。把汗水沖洗乾淨後、用吸塵器打掃了房間、換上了乾淨的床單。

今天雄哉要過來。而且是家裡沒有任何人……的黃金模式。老爸在上班、老媽去同學會。晚上前都可以兩個人獨處。

因為雄哉也住家裡，沒有可以卿卿我我的地方。平日白天。由於是暑假才有的寶貴機會。

門鈴響了。打開門，雄哉就站在門外。讓我頭暈目眩的，不僅僅是他背後的陽光。

「我在車站前面買了蛋糕。」

雄哉突然舉起了手上的盒子。雄哉來我家，距離上次老媽邀請他來的時候，過了兩個禮拜。

「欸——幹嘛這樣啦。啊，請進。」

「打擾了。」

就連這樣的對話，都覺得甜蜜。

雄哉進到家裡，兩個人一起從走廊走到餐廳時，總覺得不可思議。我最喜歡的人，現在，居然在我家。

啊，我們真的在交往呢。

在LIVE HOUSE相遇，雖然我明白這種感覺像極了愛情、但同時感到絕望。無論我多麼想要這個人，我都得不到。他有個速配的女朋友，即便是單身，身為男生的我也不在他的對象範圍內。

第一次正式地墜入情網——同時、失戀了。

這真的很殘酷。

隨著花火大會的日子接近、我越來越痛苦，好幾次在交換的 LINE ID 裡，輸入了拒絕的訊息。

可是我還是想見他。明知絕對不會有結果。那麼至少以朋友身分在他身邊。

集合地點是舉行花火大會的河川的河堤上。聽說和賞花一樣，會鋪上塑膠墊，大家各自帶著酒和點心過來。我在便利商店買好點心和飲料過去，卻因為人群太多而找不到地點。鋪著塑膠墊舉辦著宴會的團體有好幾十組，雖然他們說有立著紅色旗子作為識別，但在漆黑的夜晚裡根本不可能找到。想哭的我打電話給雄哉，說我在橋的附近迷路了，於是他說要來接我。

「嘿，你來啦。高中生。」

突然冒出來的雄哉，單穿著浴衣。雖然我先入為主的認為浴衣是女生在穿的，但眼前的雄哉站姿凜然、很有男子氣概、風雅，在盛大熱鬧的祭典氛圍裡，更加閃閃發光。從領口可窺見的漂亮脖子和鎖骨，深深地吸引了我的目光。

「……簡直就是少女漫畫裡的人物嘛。」

為了掩飾住著迷，我刻意傻眼地笑。

「欸？」

「在花火大會穿浴衣啊。我幾乎沒有見過會這樣穿的男生。」

「啊，那是因為美彌子不停撒嬌地說穿嘛穿嘛。」

胸口又一陣刺痛。

我們穿越人群、並肩往前走。連成一串的燈籠下擠著許多路邊攤，日式炒麵和雞蛋糕的味道混雜在一起。

「啊，彈珠汽水。現在居然還有玻璃瓶裝的。真難得——」

雄哉從攤子前的裝滿水的水桶裡取出兩瓶、付了錢。攤子的小姐姐用專用的開瓶器打開了彈珠汽水。砰、砰，發出了令人愉悅的聲音，氣泡在帶著藍色的玻璃瓶裡打轉。

「給你。」

從小姐姐那裡接過，雄哉遞了一瓶給我。

「啊，我會再給你錢的。」

「蛤？不用啦。這點小東西。你家教還真好。」

雄哉笑著，張嘴喝起了彈珠汽水。

瓶子傾斜，彈珠叩隆叩隆地滾向瓶口。覺得好像自己被吸了過去似的，然後又覺得這樣想的自己很丟臉。

這個人和彈珠汽水也太搭了吧。清爽、清透、清新、清涼。

我忍不住凝視著，他喝下每一口彈珠汽水時動得很順的喉結。和現場表演唱歌的時候一樣。

好想摸……，到底在想什麼啊，我。

我使勁地喝下手上的彈珠汽水，結果跑進氣管，狠狠地嗆到了。雄哉溫柔地笑了。好刺眼、好刺眼。眼睛好像快要灼傷似的。

「喂喂，你沒事吧？」

雄哉拍著我的背。太久沒喝彈珠汽水了，強烈的碳酸讓我舌頭發麻、既甜蜜又苦澀。

「我沒事。」

兩個人繼續走。雖然靠得很近，我和雄哉之間的距離卻無比地遙遠、永遠不會有交集。

身為GAY的人，時常在經歷這樣的痛苦嗎？雙方都是GAY的話，談戀愛比較容易，但愛上不是GAY的人又該如何是好呢？該如何死心呢？以朋友身分在他身邊，這種事果然還是做不到。

「那個——。」

我要回家了。

正當我準備這麼說的時候。

砰砰砰，伴隨著動搖大地似的聲音，花火綻放。兩個人同時抬頭看向夜空。反射在雄哉臉上五顏六色的光，讓我回想起了那場現場表演，我詛咒那個瞬間。

要是沒有相遇就好了。

想回到認識這個人以前的自己。

「我，想回家了。」

要我看著這個人和美彌子相處的樣子，實在太痛苦了。我不想看到穿著浴衣的情侶檔。

光是花火的聲音就很大了，什麼與音樂的饗宴之類的、從擴音器傳出大聲的搖滾樂。在爆音裡，我扯開嗓子大喊。可是雄哉好像沒有聽見、只是著了迷似的抬頭看著天空。花火映照在他的瞳孔，好像把彩虹關進裡面似的。

「那個，我要先走了。」

拍了拍肩膀，雄哉終於看向了我。

「我聽不見。什麼？」

雄哉也扯著嗓子，把耳朵湊了過來。雄哉的氣息傳到我臉頰上，有彈珠汽水的香氣。

在花火交替的空檔，音樂也暫停了一下。在那個空檔我飛快地說。

「我想起來還有點事，今天就先這樣——」

超級大的花火綻放。如同瀑布般在天空流瀉、啪啦啪啦啪啦、發出了像是要把夜空燒個精光似的華麗聲響。雄哉的注意力早就回到那裡去了。

雄哉帶著笑臉，幾乎用叫的說了些什麼。可是我什麼都聽不見。從嘴巴的動作看來，或許是在說「好壯觀」吧。

巨大的花火接連綻放。像是搖晃著大地似的，聲響和音樂都越來越大。

「——我喜歡上你了！」

反正也聽不見，於是我豁出去了。

「超級喜歡你的！」

我又叫了一次。我的聲音被花火的轟隆聲淹沒，無論是雄哉，又或是任何人都聽不見。一次又一次，每當花火升空時，我便呼喊。

「這樣真的很痛苦，我再也不會見你了。再見！」

用特別大的聲音說完最後一句之後，我連招呼也沒打，便推開人群，離開了會場。

偷偷回頭看，雄哉並沒有察覺到我已經不在了，開心地看著夜空。

「怎麼了？」

雄哉不可思議地盯著，手拿蛋糕盒子杵在冰箱前的我的臉。

「啊……想起了剛認識的時候。」

「想起了什麼。」

「秘密。」

「欸——」

雄哉從後面緊抱我、輕咬我的耳垂。

「哇——，等一下啦。蛋糕、蛋糕。」

一邊打鬧一邊把蛋糕收進冰箱，順手拿了兩瓶寶特瓶裝果汁後，往二樓的房間走去。門一關上，雄哉便緊緊抱住我、親吻了我。

「這樣你媽會不會生氣啊？」

嘴唇一分開，雄哉突然這麼說。

被老媽下令禁止發生性行為。根據她的說法，得等到雙方更加成熟、可以做出承諾的時候。也就是說在那之前必須維持清白的關係。

開始交往有兩個月了。像是接吻，甚至是輕微的卿卿我我之類的，已經做了無數次。不過尚未更進一步，並不是老媽說的話無論什麼都會遵守。只是缺少地方和機會而已。

對我而言，我的眼裡只有這個人。也不是不會覺得有一種背叛了認可雄哉的老媽的心情，但實在是喜歡到不行，忍不住想要占有他的心靈和身體。想要與他有更多的連結。會這樣子希望，是很自然的事不是嗎？

於是換我主動親了上去，用來代替我的回答。兩個人往床上一倒，兩瓶果汁同時滾落到了地上。

雄哉流著汗的手，從 T-shirt 底下滑了進來。不知何時兩個人都把衣服脫了，在因為冷氣涼得很舒服的床單間相擁。

對我、對雄哉而言，彼此都是對方第一個同性的戀人。

因此，要怎麼做、要做什麼，實際上我們並不知道。

不過，哪個地方要做什麼，我們知道——因為我們有著同樣的身體。

兩個人忘我地摸索、觸摸著彼此。我從來沒有想過，僅僅是肌膚緊貼在一起，就能感覺如此幸福。

嘴唇遊走在我脖子上的雄哉，啪地一聲抬頭。

「有人回來了。」

「欸？」

我豎起耳朵，但什麼也沒聽到。

「你想太多了。今天到晚上以前都不會——」

「噓。」

我的嘴唇被雄哉以食指堵住。光是這樣我就心跳加速。可是下一秒，立即變成另一種心跳加速。確實有什麼動靜。

「不會吧？」

我們驚慌不已地跳起來，穿上衣服。走出房間從樓梯往玄關一看，只見老媽兩手抱著大大的紙袋，好像在驅趕什麼似的踢掉包腳高跟鞋。

「老……老媽！」

「討厭啦，你們就當作什麼也沒看到。」

穿著鄭重其事的連身洋裝的老媽，留下倒在原地的包腳高跟鞋，跑過走廊、進入客餐廳。

「啊——生魚片會壞掉的。這麼熱的天氣，保冷劑馬上就融掉了。」

我一口氣衝下樓梯，追向老媽。

「不是同學會嗎？」

「欸？今天是同學會幹事的集會。今年我成為副幹事了說。」

「可、可是，不是說要在國際飯店待到七點的……」

老媽快步越過客餐廳、往開放式廚房走去，用力地打開了冰箱的冷藏室。老媽似乎一心只想著生魚片，拚命地從印有百貨公司 LOGO 的紙袋裡取出、放進冷藏室裡。

「勉強過關。真是的，今天也是熱到令人討厭。」

全部放進去後，終於放心地關上了冷藏室。

「好了，剛剛說到哪裡？啊，對了。同學會當天是預訂到七點。你為什麼會知道呢？」

聽到老媽在電話裡的對話，我誤以為今天就是同學會當天。如果特地確認的話會被懷疑，因此偷偷蒐集情報，沒想到適得其反了。

「那個，沒有啦……」

老媽有些可疑地說「真是個怪孩子」、同時從別的紙袋拿出裝著小菜的盒子，打開冰箱。看到蛋糕的盒子，說了聲「咦」。

「真是稀奇。這你買的嗎？」

「不，其實是——」

「我來打擾了。」

雄哉走了進來。

「哎呀。」

老媽露出不可置信的眼神。

好尷尬。總而言之，好尷尬。

「剛剛，雄哉也是剛剛才來的。」

事到如今才突然擔心自己的頭髮有沒有亂掉，我急忙摸了摸。

「上次真的很謝謝您邀請我。」

雄哉行禮。

「哪裡哪裡，我才不好意思。讓你看到丟人現眼的樣子，都幾歲了還醉成那個樣子，真是丟臉。」

老媽紅著臉，把小菜和火腿收進冰箱裡。

「聽說連打掃都是你做的？真的是非常不好意思。」

「別這麼說。為了照顧祖母，我每天都會做，已經很習慣了。」

「我不知道你今天要來。早知道的話，我就會買好一點的肉回來了。這孩子，似乎以為我去同學會、晚上之前都不會回來的樣子——」

老媽似乎想到了什麼，眼神瞬間變得銳利。

「你們兩個！該不會——」

「什麼都沒做啦！」我先聲制人。「我們只是在樓上打電動而已！」

「欸——是這樣嗎？玩什麼電動？」

以前從來沒有被這樣問過。為了拯救大腦一片空白的我、雄哉開口，而同一時間我好不容易才擠出了聲音。

「要塞英雄。」「動物森友會。」

完美地口徑不一致。老媽的表情變得僵硬。

「反、反、反正就玩了很多遊戲啦。」

「很多？可是他不是才剛來而已嗎？」

自掘墳墓。

「我說你們兩個，要是破壞了與我的約定，我可饒不了你們。」

「知道啦。那我們繼續去打電動囉。」

我笑著打哈哈，拉著雄哉的手，急忙地上了二樓。

「哎呀……剛剛還真是緊張呢。」

雄哉苦笑，打開電動主機的電源。

「對不起，我搞錯了老媽的行程。」

「沒事。這不是小聖的錯。」

兩個人偷偷摸摸地說著話時，傳來敲門聲。

「我把收到的蛋糕端過來了。」

老媽笑著走了進來。像是要插進我和雄哉之間似的，放下盛著蛋糕和紅茶的圓盤。老媽的視線，盯著還在讀取中的遊戲畫面。我冷汗直流。

紅茶和蛋糕都是各三份。老媽不會是打算待在這裡吧……

「大學的暑假放到什麼時候呢？」

把茶杯遞給我和雄哉後，老媽笑咪咪地啜飲著自己的那杯。

「休到九月的第二個禮拜。」

「那可以好好休息一下呢。不過打工或大學的論文什麼的，應該很忙吧？」

「不，其實也還好──」

「聖將你可不要打擾到人家雄哉喔，大學生是很忙的。你也差不多要好好想想入學考試的事了。」

雖然老媽臉上笑著，但我總有種如坐針氈的感覺。原因似乎不僅僅是因為我偷偷帶雄哉回家。

「老媽，妳沒事吧？」

「嗯？怎麼了嗎？」

老媽嚼著海綿蛋糕，看著我的臉。

「我在想，妳是不是還沒有辦法完全消化。我和雄哉的關係。」

「嗯——，……也是啦，突然間兒子出櫃說是GAY，甚至還介紹男朋友……不可能不感到困惑吧。」

「……是沒錯啦。」

雄哉低著頭，完全沒有動蛋糕和紅茶。

「不過呢，我已經轉換心情了。因為只要保持著清白的關係，那就和朋友沒什麼兩樣了不是嗎？就像阿哲和你那樣。」

「但那不是——」

但那不是我所渴望的，來自老媽的理解。這與清白不清白無關，而是雄哉不是我的「朋友」。

是戀人。真希望妳能明白這一點——

可是話到了嘴邊，還是打消了念頭。

我的出櫃對於老媽來說本來就是個很大的打擊。可是她卻努力地去理解、去接受。就連我帶回家裡，也像這樣用心招待。這樣已經足夠了不是嗎？

現階段，對老媽要求更多的話未免太殘酷了。

「……嗯，說得也是。」

一片沉默。雄哉面前的蛋糕和紅茶還沒有動過，但我和老媽已經吃完蛋糕、紅茶的杯子也空了，整個就是無事可做。

「我再去泡新的紅茶過來。」

像是要掩飾這個難為情的場面似的，老媽站了起來。

「啊，對了。要不要乾脆開個香檳？之前有收到人家送的土產。雄哉，比起蛋糕，你應該更喜歡那個吧。」

「啊、不用了，我——」

「不必客氣啦。啊，聖將我會幫你準備果汁的。」

老媽把蛋糕盤和杯子放在圓盤上便出去了。

「對不起耶。說什麼和朋友一樣。」

我默默地把手伸向雄哉。

「沒關係。你媽能一點一點慢慢地理解就好。光是願意和我們一起喝茶，我就很感激了。」

雄哉用力緊握住我的手。兩個人的臉不經意地靠近、嘴唇快要碰到——的那個 Timing，房門砰地一聲打開。我們急忙分了開來。

「我拿了好多過來唷——。來喝吧喝吧，啊哈哈。」

不知道在High什麼，香檳、紅酒、果汁，加上煙燻起司、堅果、魷魚絲等，老媽帶著堆得滿滿的圓盤進來。或許這也是屬於老媽，為了接受所採取的行動。而且，那一定需要藉助酒的力量。想到這裡，又覺得對老媽有些抱歉。

「來，請用。」

老媽把酒杯遞給雄哉、幫他倒了香檳。金色的泡沫在酒杯裡彈跳，相互碰撞，然後再次彈跳。就像是那天的彈珠汽水。

喝了酒之後，原本有些緊張的雄哉，也慢慢地放鬆了下來。老媽喝酒的速度不知道在趕什麼似的。

「老媽，等一下又會喝個爛醉的喔。」

「哎——喲，要是有個萬一，有雄哉會照顧我啊。對吧——」

老媽一邊說一邊猛灌酒。體貼的雄哉也跟著追酒。老媽的眼神逐漸呆滯。雄哉的緊張似乎尚未完全消除，明明喝了很多，卻還是直挺挺地坐著。

不過他的臉和脖子，都已經紅到一個不行。

「聖將他啊，從小就很可愛……」

老媽突然淚流滿面，我嚇了一跳。可是居然連雄哉也眼眶泛淚，說著

「我想也是」，和老媽一同吸著鼻子。喂喂喂，這兩個醉鬼。

「他很受女生歡迎唷。還交過一個叫瑠音的女朋友呢。」

「我說老媽，那種事情就別……」

「原本好好的，為什麼會變成對男生感興趣，我總忍不住會去想。說實話，每天、每天、每天，腦子裡都只想著這件事情。」

「天啊，那還真是，非常抱歉。」

「我真的很用心，很用心把他養大的說。」

「我明白。」

這兩個人已經連話都說不清楚了。

「一直以來，先生和我兩個人，都是全心全力地守護著他。」

「是。」

「在這個世界上，我和先生——不對，我最愛這個孩子。從他還在我肚子裡的時候，我就一直給予他不輸給任何人的愛——。」

「可是，不過呢，媽。」

「你憑什麼叫我媽。」

「雖然您這麼說，但是我，真的很愛聖將。我可以自信地說，在這個世界上我最愛他。」

意想不到，強而有力的愛的告白。可是在這種情況下我一點也開心不起來，只覺得忐忑不安。

「老媽，差不多夠了吧。雄哉你也差不多該回家了吧？」

「世界上最愛什麼的，希望你不要草率地說出口。」

「但我是真心的！」

兩個人根本沒在聽我說話。

「我是認真的。我想要守護聖將、珍惜他，和他一起走下去！」

咚地一聲，雄哉用拳頭敲了一下地板。

「我說你啊——所謂世界上最愛，是為了那個人連生命都可以不要的，你知道嗎？」

「我早有覺悟！」

「蛤——，你這小鬼知不知道你在說什麼。你有幾斤幾兩重。你是絕對不可能贏過母親的愛的。」

「我會贏給您看。」

「就說你不會贏了！」

「不過我還是想贏。」

「這不是誰贏誰輸的問題！」

「可是什麼贏不贏的，不是媽您自己提起的嗎？」

「不要叫我媽！」

沒想到兩個人的酒品都這麼差。而且還醉話連篇。

「講白了，如果沒有相當程度的覺悟的話，能夠和同性交往嗎？對於我們兩個人來說，都是需要很大的勇氣。有一堆阻礙要克服。可是我打從心底——」

「我——說——啊——」

老媽啪啪地打雄哉的臉頰。

「沒有任何東西能勝過母親的愛！這是絕對的！養育孩子有多麼辛苦，你無法想像吧。餵奶、換尿布、洗澡，可是馬上又會吐奶，或是拉肚子的便便從尿布裡跑出來弄髒剛洗好的床單，然後又要再洗一次。而那是，一天二十四小時，持續好幾天、好幾個月、好幾年的事情唷！這樣的事情，你做得到嗎？」

「做得到啊！您是不是忘了？我正在照顧著祖母喔！」

無法反駁，連老媽也語塞。

「哼——，笨蛋笨蛋笨——蛋。」

放棄反駁的老媽，居然採取了和幼稚園小孩沒有兩樣的反擊方式。

「我啊——，他的小ＧＧ我可是從小就看著呢——」

快給我停止，這到底是什麼低級的自滿啦……我傻眼著，「好了好了，老媽，喝酒時間結束」我一邊一邊拿走酒杯。

可是，事情卻往意想不到的方向發展。

「那個我剛剛也看了喔！」

雄哉竟然這樣說。

鏗————鏘。

空氣瞬間凍結。

否定形、連用形、終止形、假定形、意量形——凍結的五段活用。

Freeze Froze Frozen

The air was frozen by my boyfriend.

呵呵，有這種英文嗎——……啊！現在，我的大腦當機。

老媽和雄哉用可怕的表情瞪著彼此。我希望這個地方現在馬上被凍結起來，一億年後再被發現。

「你剛剛不是才說，沒有和聖將發生過性行為嗎？」

「我是有說。我們真的沒有做到最後一步。」

雄哉昂首挺胸地說。

「最後一步？也就是說——」

「沒錯！在那之前的各種，剛剛全都做了！」

啊啊，一切都完了——

「你竟敢對別人的兒子下手——！」

老媽的耳光，瞄準雄哉的臉頰打了下去。

「做到一半也不行——！你這個叛徒！不准再見聖將！也不准再跨進我家大門一步！現在就給我滾出去！」

「……真的很對不起……」

被趕出來後，我們坐在公園的長椅上。明明快要晚上七點了，夏天的陽光仍緊抱屋頂之間，散發惱人的熱氣。

雄哉喝下在自動販賣機買的水，嘆了一口氣。似乎逐漸酒醒，並且意識到事情的嚴重性了。

「哎，我想我應該是再也見不到你媽了。」

「不是我在說，雄哉你也喝太多了吧。」

「對不起……」

凝望著虛空的我們眼前，許許多多的人交錯而過。其中一人在我們的長椅前停下了腳步。

「咦——，是聖將嗎？」

是兩手拿著裝得滿滿的環保袋的優美阿姨。

「啊！男朋友也在！是雄哉對吧？」

「優美阿姨，太大聲了啦——！」

我慌張地把食指放在嘴巴上。不過並沒有任何人注目，所有人只是走了過去。

「幹嘛，有什麼關係啊。這是事實。而且男生交男朋友有錯嗎。」

像是叮囑似的，優美阿姨又大聲地說。

「上次謝謝您了。」

雖然雄哉身上還散發著酒臭味，但他露出好青年的微笑、禮數周到的鞠躬。他的這一點真的很棒，我心想，我完全忘了我們所深陷的危機狀況。

「討厭啦——，小聖，你又更加迷戀雄哉了。不停地散發出好喜歡、好喜歡的閃光呢。」

優美阿姨呵呵地笑。話說回來，只不過這樣看了一眼，優美阿姨的雷達，會不會太敏銳啊？

「別客氣。我也很開心啊。有空再來玩——啊！不過不是我家就是了。」

優美阿姨笑著說。有空再來玩，這句話讓我想起了剛才發生的事情，和雄哉面有難色地對看了一下，優美阿姨馬上「嗯？」地挑起了一邊的眉毛。

「你怎麼了？感覺無精打采的。」

不愧是優美阿姨的雷達。

「啊——，沒有啦……就是和老媽有點……」

「嗯？嗯？嗯？」

用誇張的動作，優美阿姨咻地把臉湊了過來。

「怎麼了？被那個人說了什麼嗎？」

「嗯，被禁止進入了。」

雄哉聳肩。

「禁止進入？為什麼？」

「嗯——，總之就是有很多事情……」

「嗯哼——，案情不單純呢。你們兩個，等一下有什麼事嗎？」

「不，沒有什麼特別的……」

「那麼來我家吧。好好地告訴我發生了什麼事情。」

優美阿姨露出可靠的笑容。

優美阿姨的家在車站的另一邊。從我家到車站要十五分鐘，從車站到優美阿姨家也是十五分鐘。而且，如果以車站為中心，把地圖對折的話，兩家的位置幾乎重疊。

從公園走到優美阿姨家的路上，雄哉幫忙提了兩個環保袋。沒有那種刻意想要表現親切的感覺，而是相當自然。

「這樣子我會愛上你的——」

優美阿姨開心地說。

到了優美阿姨的家，敏行正坐在電腦前面。敏行比我小四歲，讀國一。

小的時候經常一起玩，不過我上國中之後幾乎就沒有見過了。小學生和國中生之間有著一條巨大的界線。因此我已經很久沒有見到敏行了。

「啊——，小聖哥。」

他隔著電腦螢幕對我笑。

「你最近好嗎？奇怪，你有戴眼鏡？」

「視力突然變得不太好。」

「這孩子，成天只知道打電動。」

優美阿姨一邊把環保袋的食材收進冰箱裡一邊說著。

「我也沒有資格說別人啦。國中生現在流行玩什麼啊？」

「Scratch。」

「Scratch？沒聽過耶。是哪一家出的遊戲？」

「自己做的。雖然媽老是氣我只顧著玩遊戲，不過事實上我不是在玩，而是在設計。」

「欸，自己做遊戲嗎？」

「對啊。」

他把螢幕轉向我這裡。雖然畫質比市面上販售的遊戲差了點、畫面中可愛的角色不停地來回移動、和怪獸對戰著。

「這個是你做的？哇塞──。好強啊。」

「因為我將來想成為遊戲開發者。我可是認真的。」

敏行嘛嘴說完後，便又埋首於螢幕畫面裡。

「優美阿姨。小敏，挺了不起的啊。」

我走向收拾好食材，正在燒開水的優美阿姨。

「眼睛越來越不好，成績也一直退步，真是敗給他了。」

去洗臉台洗完手的雄哉走了進來。

「這個人是誰？」

敏行問。

「啊，這個人是——」

我瞬間想到，向國中生介紹戀人還是不太好。正當我要開口說出「朋友」的時候，

「男朋友喔，聖將的。」

站在桌子另一頭的優美阿姨說。不會吧。

「男朋友？」

敏行露出不可置信的眼神。

「男生和男生，可以交往喔？」

「法律又沒有規定不可以。」

優美阿姨回答。

「欸——不過，雙方看起來都很男生不是嗎？不是應該有其中一方留長頭髮、或是化妝什麼的嗎？」

「敏行你說的，應該是人妖、跨性別，或是扮女裝的人吧？」

雄哉微笑。

「欸、那個，我也不太清楚。」敏行歪著脖子。「因為電視上那些說自己喜歡男生的人，每個人都打扮成女生的樣子啊。」

雖然應該不是每個人都這樣，不過在國一的敏行心中留下印象的，大概都是那樣的人吧。

「所以小聖哥，你是男大姐嗎？」

「在你心中，敏行是怎麼定義男大姐的呢？」

「就是——會用女性用語講話的人。」

「那我不是。單純只是，喜歡的對象是男生而已。」

「矮鵝——，好噁。」

敏行說。輕描淡寫的口氣。但反而有種一刀刺進胸口的感覺。

「彼此之間是男朋友？會牽手之類的嗎？這太扯了。太噁了啦。兩個人都有老二的說。」

我想是沒有惡意的。毫無掩飾的、天真無邪的真心話。但也因此，讓人感覺更受傷。不過我想這一定就是普通人會有的反應。像優美阿姨這樣的人才是例外。

「無論是誰，都沒有資格去否定或批判別人喜歡的事物。在我看來，成天盯著遊戲畫面猙獰呆笑的你還比較噁心勒。好了，我們要談些大人的事，你快回自己的房間去了。」

被趕走的敏行上了二樓後，優美阿姨讓我們在椅子上坐了下來、把日本茶放在我們面前。

「所以呢？到底是怎麼了？」

我一邊說，一邊心想這真是齣鬧劇。

不過當時，我們真的是非常認真。老媽真的生氣了，受到了打擊。雄哉拚命地說明他的愛是真的，卻因為得不到理解而受傷。一想到雄哉受傷，我便覺得非常悲傷，而原本最希望老媽能理解我的悲傷、但她卻不理解，這讓我更加悲傷。到頭來，就連見面都被禁止了。

冗長又可笑的故事，優美阿姨自始至終都沒有笑、沒有吐槽，認真地聽著。

「——我了解了。」

優美阿姨靜靜地點頭。

「莉緒看待事情一向很認真。兒子是GAY的事情雖然是精神上的打擊，不過她知道自己要去克服、去理解，因此內心正在糾結呢。」

「是，這個我能明白啦……」

正當莉緒用自己的方式、手忙腳亂地努力的時候，發現你們兩個人在調情，也難怪會驚慌失措吧。

「優美阿姨……說真的，您是怎麼想的呢？」

我鼓起勇氣問。

「什麼事情？」

「那個……最後一步……」

「喔——，性行為嗎？嗯——，這個嘛……再等一陣子比較好吧？」

「一陣子是多久。」

「比如說至少等到聖將高中畢業之類的。因為在莉緒和我的那個年代，幾乎沒有人在高中時期就發展男女關係的。雖然可能和我們讀的是女校也有點關係就是了。但我能了解莉緒的心情。」

「唉……」

「不過，倒是有約會的權利。雖然被禁止進入也是沒辦法的事，不過如果連見面都不准就太嚴厲了。就去約會吧。你就說要去找阿哲，或是說要來我家，然後出門不就可以了。」

「真的嗎。優美阿姨願意為我們製造不在場證明？」

「願意願意。」

「可是。」雄哉出聲打斷了我和優美阿姨的對話。

「我不希望聖將去說謊。而且要是穿幫的話，就會再一次毀了信用。」

「嗯，這樣說也沒錯。」

優美阿姨雙手交叉陷入沉默。過了一陣子，她緩緩地站了起來。

「我想到了一個好辦法。等我一下。」

優美阿姨上了二樓、一會兒後回來了。手上拿著一個稍大的咖啡色信封。

「喏，拿去吧。」

「這是什麼？」

信封滿厚的，接過來時能感受到些許重量。用封箱膠帶封得緊緊的。

「緊要關頭時，交給那個人。如果那個人不願意打開，聖將就打開給她看。」

「蛤……話說回來，這裡面到底是什麼？」

「是王牌——不，應該是炸彈吧。」

「炸彈？」

「沒錯。這可是復仇的序曲呢。」

優美阿姨用嚴肅到不行的口氣說。

「這個，究竟是什麼呢？」

一邊走向車站，雄哉一邊試著讓光線透進信封。可是太厚了，什麼也看不到。

「復仇的序曲啊……是代表要我們給對方好看嗎？不過復仇什麼的，萬一是什麼可怕的東西怎麼辦。再怎麼說不對的人也是我。」

「啊，我知道裡面是什麼了。」

「嗯？」

「一定是某種資料。優美阿姨在醫院工作。或許是世界上有百分之幾同性戀者、其中又有百分之幾的人出櫃等等，蒐集了數據和新聞的資料也說不定。」

「喔喔，原來如此。用數字讓對方理解的確是很重要。可是，就算真的是這樣……復仇這個字眼還是讓我很在意。」

「嗯——，說得也是。」

我們抱持著疑惑走到了地下鐵的車站。

「再見囉。」

彼此的手輕輕地碰了一下，便馬上抽回。這種時候，如果是男女情侶，就可以擁抱、甚至輕輕地親吻。

「我再 LINE 你。」

「嗯。下次什麼時候能見面？」

「……暫時先不要好了。直到恢復你媽的信任。」

「那不就等於不知道要到什麼時候了嗎？而且，如同優美阿姨說的，見面又沒有錯。」

「我希望你媽能了解，小聖對我來說是多麼重要的存在。」

「可是……」

見我忍不住嘟嘴，雄哉傷腦筋地笑了。

「不要擺出這種臉啦。這樣我會想要親下去。」

雄哉輕輕地捏了一下我的臉頰、說了聲「掰啦」便穿過了票口閘門。

說出這種話的人才有罪好嗎？

在那之後好一陣子，我都表現得很安分。

的確，越界的是年輕的我們。而老媽的憤怒是對的。

我減少了打工，把時間花在庭院的除草、採買、洗碗、擦窗戶。「聖將真了不起，真令人感動。」完全不知情的老爸，只是悠悠地笑著。

過了一個禮拜左右，我心想應該差不多了，於是主動開口。

「那個……我想見雄哉了，可以嗎？」

「不行。」老媽卻立刻如此回答。

「我們都已經反省了。」

「我說了不會再讓你們見面了。」

我感到孤立無援。

「可是……可是……」

我忽然想起了優美阿姨給的信封。我跑出客廳，衝上樓梯。

「可惡！不要逃！」

對著老媽的聲音，我回答，

「我不是在逃！等我一下下！」

從房間的桌子的抽屜裡取出咖啡色信封，衝下樓梯。

「這個。」

我氣喘吁吁地交出信封。

「什麼東西啦。」

老媽用鼻子哼了一聲。

「是雄哉的陳情書之類的嗎？上面寫著他有多麼喜歡你之類的嗎？」

「我不知道。這是優美阿姨給的。」

「這又和優美有什麼關係了。那個人也真是的，別人的事情就這樣瞎攪和。」

「優美阿姨變成我們自己人了。我想，這個應該是GAY人口的數據、男同志情侶的新聞之類的吧。」

「這種東西我不想看！拿回去還給優美。」

老媽頑固地不願將手伸向信封，交叉著雙手、撇頭看向一旁。我想起優美阿姨曾說，要是老媽不打開的話，要我打開給她看，於是我用剪刀剪開了信封的頂端。

「真的是——只會給人添麻煩。為什麼優美要做這種事情呢。」

「她說這是復仇的序曲喔。」

老媽看著我。臉色發青且僵硬。

「你……剛剛……說什麼？」

「不，我和雄哉沒有想過要對老媽復仇什麼的，只是……」

「那、那個，把那個給我！」

「欸？等、等一下——」

老媽搶走了剛用剪刀剪開的信封。由於反彈，裡面的東西撒落一地。

那是厚厚的紙張、紙張、紙張——

不是數據。也不是新聞或資料。

每一張紙上都畫著插圖。看起來像是漫畫的原稿。可是，為什麼？

「啊——！不可以看！不要看！」

不知為何老媽急忙遮掩、慌張地撿拾起所有的紙張。

「放心，我並沒有在看。」

對於裡面是漫畫而感到失望的我，蹲下去想幫忙撿起來——我不敢相信我的眼睛。

每一頁上面，都是男生之間激情的吻著彼此、裸身抱著彼此、從後面ⅩⅩⅩ、互相ⅩⅩⅩ彼此的ⅩⅩⅩ、一個人的頭在另一個人的ⅩⅩⅩ那裡，描繪著腦子裡會自動把關鍵字進行消音處理的場面。

「不是叫你不要看嗎！」

老媽匍匐在地上、死命地瘋狂收集，卻因木地板打滑而失去重心。被老媽壓著藏在身下的幾頁，滑到了我這裡來。

金髮的男性流著眼淚、用槍抵住黑髮男性的插畫，占滿了整個紙面，上面有著像是書名的文字。

『復仇的序曲 by 濱家 莉緒』

濱家是老媽的舊姓。也就是說這個是……！

扉頁圖被搶走。

「——你看到了吧。」

老媽漲紅了臉，汗流個不停，雙手握著好幾張原稿用紙，氣喘吁吁地發出呼呼的聲音。

「是有看到啊，這些是什麼？難不成老媽妳——」

「嗚哇哇哇哇哇哇哇！不准你再說下去——！」

原來『復仇的序曲』是漫畫名啊。對白框裡用鉛筆寫著台詞，不過字體偏圓，和老媽現在的字完全不同。帶點女高中生的氣息。

難不成。

難不成真是那樣。

這恐怕、不，應該可以確定，這是老媽高中時期畫的BL漫畫。為了懲罰老媽對我們採取的行動，手握黑歷史的優美阿姨，才會把王牌交給我的。

原來如此，這確實是顆炸彈、同時也是復仇的序曲。

「所以老媽，妳曾經是腐女？」

「才不是什麼腐女！而且那個時候，根本沒有這個名詞好不好！」

不，重點不是這個吧。

我在心裡吐槽，同時撿起了一張還掉在地上的原稿，念了出來。

「『噢！德米特里啊。

與其讓你被那傢伙搶走……

不如讓我……

讓我用這雙手——』

『啊！住手吧奧斯卡。

不要玷汙了你那雙美麗的手。

如果是你，我樂意奉上我的生命。』

天啊，話說回來，這是哪個國家？而且又是什麼設定？」

「不要再說了！我知道了，你可以和雄哉見面！不過絕對不可以有性行為喔！還有帶他回家的時候，房間的門都要一直開著！」

老媽終於撿完了所有紙張、抽走在我手上的最後一張後，如同逃跑似的上了二樓。

我一個人被留在客廳，呆呆地佇立了一會兒。然後，一陣笑意從身體深處湧現出來。

「真不愧是優美阿姨。太厲害了。」

好一陣子，我爆笑到眼淚差點流出來，然後我傳了「想見你」的訊息給雄哉。

安排好與雄哉久違的見面，那晚我帶著幸福的心情上床睡覺。

老媽的漫畫格子，浮現在黑暗中。

繁花盛開的背景。登場人物的瞳孔裡一閃一閃的星星。交織親吻的德米特里和奧斯卡。雖然老媽不讓我看，我想內容一定是更加激情、戲劇化的愛情故事吧。

只不過——

我翻來覆去地想著。

我和雄哉心意相通的篇章、激情和戲劇化的程度，也不輸給那個漫畫啊。花火大會那天擅自離開的我，兩個禮拜後被邀請參加社團的烤肉活動。明明知道見了面只會更難受、更痛苦，但一聽到他的聲音，便無法克制想要看見他的衝動。

烤肉會場位在溪流邊、水質乾淨的地方。以藍芽喇叭傾瀉而出的音樂當作背景，大家各自跳著舞、玩水、隨意地烤肉和蔬菜來吃。

美彌子戴著牛仔帽，一手拿著罐裝的碳酸燒酎、另一手拿著烤肉夾，豪爽地喝酒烤肉。這女生真的很酷，我默默地心想。旁邊則是一派輕鬆自然的雄哉。

在吃喝聊天的過程中，我看著那兩個人，實在是越看越痛苦。想要一個人靜一靜的我，裝作要去保冷箱拿飲料而暫時離開人群、走進了樹林裡。

當我坐在走進樹林約五分鐘距離的長椅上抱著頭時，聽見了踩踏泥土的腳步聲。抬頭一看，雄哉站在那裡。

「我在想你該不會像花火大會的時候一樣，不知道跑到哪裡去了呢。」

雄哉邊說邊在我的旁邊坐了下來。

因為玩水而淋濕的 T-shirt 緊貼在雄哉的肌膚上。厚實的胸膛一覽無遺。

我撇開了眼神。

「上次為什麼突然就走了。我很擔心的說。」

「——突然想起還有約。」

「是喔。和女朋友之類的？」

「我沒有女朋友。」

「是喔……這樣啊。」

「你和美彌子……很久了嗎？」

「一年左右。」

「你們感覺很配。」

「……是這樣嗎？」

雄哉就這樣陷入沉默。只有平靜的水流聲。

「要是我這麼說，或許你再也不會和我說話了。」

雄哉緩緩地開口。

「不過，我已經無可救藥地對你著迷了。」

我驚訝地看著雄哉。

「對不起。會想要提防吧，尤其又在這種地方。呃，我不會碰你的，你不用擔心。

我自己也很困惑。以前我沒有特別過討厭女生，也不曾喜歡過男生。可是，自從遇見聖將之後，我的腦子裡就一直都是你。」

看到我睜著眼睛僵在那裡，雄哉抱歉似的抓了抓頭。

「我知道我不該說這些的。可是不說出口的話，整個人感覺就要爆炸了。而且每次總有其他人在，所以我想要是現在不說，可能就沒有機會說了。呃，我也是藉酒壯膽，讓你感到困擾我真的很抱歉——」

「我也是。」

我拚了命回答。

「我也是，從第一次見面開始就對雄哉你——」

在那之後的話，堵在我胸口說不出來。

「真的嗎?這太不真實了。」

「你可以……碰我喔。」

雄哉彈起來似的抬頭看我。激動的眼角微微地泛紅、眼睛濕濕的。我一定也是同樣的表情吧，我想。

然後雄哉瞇著眼，眼花撩亂似的、害羞地微笑。

「謝謝，我好高興。幾乎要失去理智了。」

可是，他接著說。

「現在先不要。我還在和美彌子交往。和某人交往的時候，絕對不做背叛對方的事。理由很簡單。如果對方這樣對我，我會很傷心。所以我不會這麼做。在和美彌子真正分手之後，我才會碰你。話是這麼說——」

雄哉在我的耳邊輕聲地說。

——到時候不是碰一下就可以解決的喔。

回想起從相遇到交往這一連串的場景，簡直就像少女漫畫或愛情電影一樣。甜成那樣的台詞我居然說得出口、居然有人對我說。

只要想到就難為情，就連現在我也是抱著枕頭扭來扭去、臉頰泛紅。

不過一切都是真的。

像是要融化似的，甜甜的、甜甜的，真實。

希望一直這樣下去。

一直、一直。

只想和雄哉兩個人，沉溺在有如甜點般的時間裡。

第三章

優美

息子のボーイフレンド

——笨蛋！笨蛋！笨蛋！笨蛋！笨蛋！

電話另一頭的怒吼刺痛耳朵，我忍不住把手機拿遠一些。

——太過分了吧，居然把那種東西交給聖將！優美妳這個笨蛋笨蛋大笨蛋！！妳知道我有多丟臉嗎！

無情、畸形茄子③、冷血、北七、鬼、爛人等，各式各樣的破口大罵持續著。話說回來，我還是第一次聽到有人真的說出畸形茄子這句話。這不早就是沒有人在說的話了嗎？

「因為我聽說莉緒連兩個人見面都不准。」

——趁我不在的時候帶回家裡耶！沒有任何人在的家裡耶！

「可是那個前女友……是叫做瑠音嗎？不是也曾在沒有人在家的時候去

玩過嗎？」

——那個、有是有啦……

「說到底，因為對象是男生所以妳才介意吧。我說莉緒，試著去想想過去的自己吧。妳曾經說過愛就是愛、與性別無關不是嗎。妳也說過沒有誰有權利去阻止。我只是希望妳能夠想起這些，才把原稿交給聖將的喔？」

——我和那個時候的我不一樣！我現在是母親！單純樂觀、興奮地畫著男生之間的戀愛漫畫，那個傻傻的女高中生已經不存在了！

「不不不、現在反而是發揮當年那種單純樂觀的時候，不是嗎？只要這

註③：奇形怪狀的茄子，形容腦袋遲鈍、愚蠢的人。

麼做聖將就可以變得幸福喔？就算妳反對好了，那兩個人已經彼此相愛著，倒不如去享受它。聖將和雄哉兩個都是美男子，速配程度爆表不是嗎？如果是以前的妳，一定會馬上畫成漫畫——」

說到這裡，我突然想到。

「我說啊，莉緒……妳是不是正在腦補？聖將和雄哉兩個人。」

電話的那頭沉默。

果然不出我所料。我忍住想要噗哧一笑的衝動。

——有啦！不行嗎？

大聲地傳了過來。

「哇哈哈哈——。果然沒錯。」

——那也沒辦法啊。鮮明、鉅細靡遺地，因為我知道他們會做些什麼。

這是腐女可悲的天性啊。腦補什麼的妳以為我想嗎？也不是我願意的啊？但就是會擅自、自動地在大腦裡膨脹和播放啊！

「要不要乾脆以這兩個人為原型，試著畫成漫畫呢。」

——怎麼可能畫啦！這比我知道自己是怎麼被生出來的還更加尷尬好不好！

「是喔——。太可惜了。明明這麼香的素材就在身邊。」

——總之，不許妳再做同樣的事了。明白了嗎？

「我才想對妳說『明白了嗎？』好不好。不要再做會讓聖將感到痛苦的事了。」

反——正——呢，這和優美沒有關係！這是我家的事，妳不要插手！

「『銀幕樂園』。」

電話另一頭傳來倒吸一口氣的聲音。

「『甜蜜。政變』、『送給你的子彈花束』、『失意小夜曲』、『純愛寶貝』、『任性羅曼史』、『獵戶座十字架』、『誘惑的 Temptation』……話說回來這個『誘惑的 Temptation』，愚蠢的程度從書名就可以看出來呢——，兩個字明明同樣是誘惑的意思。畫這個的時候是高一的夏天嗎？因為那個時候，我們兩個的英文都不及格。哇哈哈——。不過為了理解 LUNA SEA 的英文歌詞，從第二學期開始我們超努力的對吧。啊，對了對了，那個時期剛好也有作品，『I am All Yours』。日本的男高中生到紐約留學，和金髮碧眼的美少年展開一場甜蜜戀愛的故事。這部作品真的充滿挑戰英文的決心呢。」

——優美、妳、該不會……

「Of Course！全部、全——部，都在我的手上喔。最初的原稿。要是有個什麼萬一，我會一部接著一部、交給聖將的。」

在一聲令人懷疑揚聲器是否壞掉了的大吼之後，電話被掛斷了。我倒在地板上大笑。本來在沙發上縮成一團的雜種貓 SUGIZO，以為發生了什麼事而跳了起來。

啊——，太好笑了。

LINE 的訊息聲響了。這回準備用文字來反駁嗎？我一邊竊笑一邊拿起手機，是聖將傳來的訊息。

『謝謝您強力的掩護射擊。托您的福，得到了約會的許可。啊，好像也可以帶回家。不過呢，房間的門說是要開著（笑）。』

『能幫上你的忙真是太好了』我爆笑同時回覆。

『那個，真的是老媽畫的嗎？相當有模有樣的說。』

『如假包換，濱家莉緒的作品。當時可說是相當受歡迎呢。』

『受歡迎！誰的歡迎？』

『雖然稱不上同人誌，不過有真的印刷然後賣給學校的朋友呢。』

『認真！』

『認真。吶吶，你看了嗎？是不是學到很～多呢？』

『不……太過刺激了。而且一想到是自己的母親畫的就……心情有點複雜。』

臉紅的表情符號。我看了又忍不住大笑。

當時，BL這個名詞終於開始深入人心，是因為一個叫做JUNE的雜誌。分別發行以小說為主的雜誌和以漫畫為主的雜誌，前者稱為小JUNE、後者稱為大JUNE。大JUNE裡有個由漫畫家竹宮惠子老師針對投稿作品給予評語，是如今難以想像的超豪華專欄，莉緒不停地投稿著自己畫的作品。

雖然無法在強者環伺的專欄裡冒出頭，不過莉緒的漫畫的品質足以在女校裡被傳閱、非常受歡迎。老奸巨猾的我以膠印製做成冊，以三百日圓的價格賣給所有人。從學妹到學姐、最後連別的學校的學生都聽到八卦來買，濱家莉緒的作品累計賣出了一千本。扣除了製作費用後我拿了兩成作為手續費，用那些錢大量購買了各種BL小說。美好的回憶啊。

「啊——真令人懷念。」

雖然我不會畫畫，不過我也有幫忙用墨水描出框線、塗上黑色、用白色麥克筆進行修正、貼上網點等。

「那時真的很開心呢，SUGIZO。」

我把剛剛跳起來後，又縮成一團準備睡覺的 SUGIZO 拉了過來。從中途之家領養回來的流浪貓。被救起的時候全身被黏滿口香糖、一隻眼睛也壞了。「帶這傢伙回家。」當時還是小學生的敏行哭著說。領養至今過了五年，雖然毛光禿禿的、一隻眼睛也看不見，不過幸福地生活在這個家裡。像是在說著對我的青春不感興趣似的、大大地打著哈欠。

「啊，忘記洗好的衣服了。」

我站起來，走去洗臉台拿洗好的衣物。今天不用上班，因此洗了床單、枕頭套等一堆東西。

抱著洗衣籃走到庭院，馬上被一股令人火冒三丈的空氣纏繞。陽光也很強。應該很快就乾了吧。

庭院裡充滿盛夏的熱氣。

兩位俊美的青年，像是被烈日曬著似的、為愛受著煎熬——開玩笑的。

沒有對任何人提起過，其實我曾經想要成為一位作家。

和大JUNE裡的漫畫專欄一樣，小JUNE裡有個由作家中島梓老師主筆、名為「小說道場」的投稿專欄。瞞著好友莉緒，一直到那個專欄結束為止，我不停地投稿。到頭來只好束手無策地放棄。

要是莉緒不畫的話，那我以雄哉和聖將為原型，來寫個BL小說如何。想著那種事情呵呵笑著時，紗窗被打開。「媽，我回來了——」敏行從客廳露出了臉。由於進入了暑假，只有上午會去補習班的暑期講習。

「你回來啦——」

我緩緩地攤開大大的床單，突然間覺得變輕了。敏行不知道什麼時候站在旁邊，舉起床單的一側、幫我掛上了曬衣桿。

「謝啦。」

不經意地抬頭，敏行身高的成長讓我訝異。敏行小學五年級時，便超越了身高一百五十公分、體型嬌小的我，但現在又長得更高了。差不多快要到一百七十公分了吧。真是令人感到孤單。

「肚子餓了吧？」

「啊——，嗯。」

「煮咖哩好不好？」

「想吃。」

兩個人一邊喊著好熱好熱、一邊曬完衣服，進到家裡。冷氣吹起來好舒服。

當我站在廚房，敏行自然地來到我身旁，不用我指示，洗了馬鈴薯、用削皮器把表面處理乾淨。或許是近距離看著我兼顧工作和家事的辛苦，不知從何時起，敏行自然地開始幫起忙來。

削好馬鈴薯的皮、切成容易入口的滾刀塊。越來越拿手了呢，我一邊覺得感動、一邊切起了洋蔥。

十年前離婚成為單親媽媽，那時敏行才三歲左右。

前夫是個薪水左手進右手出，休假日從早到晚都在賽馬場度過的男人。

我耗盡所有體力去工作、照顧孩子、煮飯洗衣服，可是他卻什麼忙也不幫，爽快地跑出去玩。更不用說我只要抱怨，便會被家暴。

在我以前從事醫療事務員的大學醫院裡，他是檢查技師。婚前很溫柔、工作也很認真，明明是個好人。

男女即使因相愛而結婚，最後也可能互相憎恨而分開。不一定會長相廝守。無法保證會得到幸福。這是我親身體會過才明白的。

我開口提出離婚時，他抱怨個沒完沒了，但當我說不要贍養費、也不要養育費時，他便乾脆地在離婚申請書上蓋章然後走人。這個房子本來是共同持有的，由我買下他的持分，雙方達成了共識。

雖然是如我所願的離婚。但我還是難過、後悔、不安，每天一直在哭。

「媽咪，妳沒事吧——？」

某天，敏行用小小的手摸著我的臉頰。

「嗯，我沒事喔。」

「可是，妳在哭。」

敏行咬著下唇，好像下一秒就要哭出來似的。不過，似乎是想到了什麼，瞬間轉為燦爛的表情。

「這個，借給妳。」

敏行用還帶點嬰兒肥的小手、從口袋裡取出了軟橡膠製的超級英雄。

「他很強喔。可以當媽咪的同伴。」

「哇，謝謝。」

我被敏行用孩子的方式拚命地試圖安慰我的模樣打動，不由得緊緊抱住他。

「謝謝、謝謝。媽咪，覺得好多了呢。」

「真的？」

「真的喔。因為我有兩個超級英雄在啊。」

「兩個？只有一個呀。」

「這個、還有敏行喔。」

欸——我也是超級英雄嗎？敏行在我的懷裡，像是很癢似的扭動著身體。

敏行是我的同伴。所以我也一樣，無論發生什麼事情，我都會是敏行的同伴，我在那天下定了決心。

煮好咖哩，在餐桌面對面坐了下來。在燉煮的期間，敏行居然還三兩下地做了蘋果沙拉。令人糾甘心的好孩子。

「我要開動了——」

我先夾了蘋果沙拉。美乃滋拌得恰到好處，很好吃。

「上次的那個。」

敏行盛著咖哩、不經意地開口。

「嗯？」

我接著吃了一口咖哩。

「小聖哥的事情。」
「嗯。」
「就是那個，男同性戀。」
「啊！嗯。」
「真的很瞎。」
「無所謂吧。本人覺得幸福就好。」
「然後，雖然他的對象滿帥的，但還是噁心。」
「你會覺得噁心的這種心情，我無法去控制。不過，要是你去 diss 他的話，我可不會原諒你。」
「欸——。不過我原本很喜歡小聖哥的，現在全幻滅了。」
「無論他愛的是誰，他都是你最喜歡的小聖哥啊。」
SUGIZO 黏在他的腳下。敏行放下湯匙，將脆脆的飼料倒進碗裡，換了水。

「如果我是男同性戀的話，即使是媽也會感到厭惡吧？」

敏行洗完手，回到了餐桌上。

「你在說什麼，我完全不會厭惡啊。」

「最好是——」

「真的啊。我會站在敏行這一邊。甚至可以說，身為母親的我必須要支持才行。」

「呃——。不要再說了。萬一我鬼迷心竅，說什麼喜歡上男生的話，妳一定要全力制止我喔。」

「我不會制止你的。」

「要制止我啦！」

「話說回來，就連如同親人一樣，最喜歡的小聖哥的你都這樣了，其他人的排斥想必更加激烈不是嗎？所以我們更應該站在他那一邊不是嗎？」

「可是我曾經和小聖哥一起洗過澡耶。果然我還是無法接受。再說了，莉緒阿姨知道這件事嗎？」

「廢話。」

「真假？那她怎麼說？」

「正在努力去接受。」

「那稻男叔叔勒？」

「嗯……稻男還不知道。」

「他一定不會接受的。」

「為什麼你會這樣認為呢？」

「因為他以前混過啊。不會殺了對方那個男的嗎？」

對啊。雖然稻男平常總是笑笑的、看起來像個普通大叔，但過去似乎是個貨真價實的小混混。

「可是稻男人很好啊。混混什麼的，那都是幾十年前的事了。」

當敏行在莉緒家尿褲子的時候，稻男只說「別在意——」然後把地板擦乾淨。當敏行的帽子掉進馬桶裡的時候，稻男一邊笑著說「哇哈哈——沾到便便了啦——。好臭——」一邊把帽子撿起來，而且還洗得乾乾淨淨。

「不——不可原諒。我真的很生氣。」

「原諒也好、不原諒也好。聖將要愛上一個人，是他的權利，也是他的自由。沒理由需要經過許可。」

「這個道理任誰都明白。但即便是男女之間，由於家庭、父母親、財產問題等各種因素而無法在一起的人也很多不是嗎。男男之間就更不用說了。無法想怎樣就怎樣吧。」

不知道是不是受到 RPG 的影響，敏行用大人的口吻說著，吃完咖哩後，在水槽洗起了盤子。

隔天早上是早班，六點起床、七點前便出了門。

轉乘電車，在離職場最近的車站下車。走路五分鐘左右，便可看到一棟十分有型，名為「松平 ART Clinic」的建築物。

從後門進入、走樓梯到地下的更衣室。穿上淡粉色的襯衫和長褲、套上護士鞋。

松平 ART Clinic 是專門治療不孕症的醫院。評價很好，有來自日本各地、搭乘新幹線或飛機遠道而來的患者。松平院長是位年長的女性，笑起來很溫柔、會仔細地傾聽患者的聲音。而且也持續地研究、引進最先進的技術，徹底地追求如何以最快的方式讓患者夫妻抱上孩子，是個熱心的醫師。

我以醫務助理的身分，進行醫療行為以外的協助。早班是八點到下午四點，晚班是下午一點到九點。工作內容是整理醫療廢棄物、打掃內診室、補充消耗品和管理庫存、下訂單等。

我確認今天早上的管轄區域，是負責男性專用房間。每天從早上八點半起，開始進行卵巢取出卵子的採卵手術。今天早上也來了十幾位女性患者，換上手術服、打點滴、準備好進行手術。和採卵手術同步進行的是男性的精液採集，採集時所使用的便是男性專用房間。
我將輪到的男性患者叫到休息室，引導至男性專用房間。三張榻榻米大小的獨立房間裡，有二十六吋液晶電視、DVD播放器、耳機、舒適的一人座沙發，還有二十片成人DVD一字排開在牆邊的層架上。
為了進行人工授精、體外受精、顯微授精，男性要在這裡完成一本正經地鑑賞A片、讓自己勃起、自慰、釋放精液到滅菌杯中的大工程。
有許多人因為壓力而無法勃起。這種時候就會施以威而鋼的處方。因為藉由手術由卵巢取出的卵子可進行受精的時間是有限的，因此無論如何都要射精才行。
有時，也會有打翻好不容易射精了的滅菌杯，灑到地板上的患者。雖然有點可憐，但必須請對方再一次進行自慰。對於「這麼短的時間內無法射兩次」而欲哭無淚的人，也只好施以威而鋼。
正當我確認備品的庫存及進行補充時，男性專用房間的門打開了。拿著小包包、完成重大任務的男性患者走了出來。

「這裡為您保管。請回到休息室等候。」

我接下包包，送至精液調整室。調整精液的，是被稱為胚胎培養師，受過特別訓練的人。身著白衣、帽子、口罩的胚胎培養師，從包包裡取出裝有精液的容器，確認貼標上填寫的名字和日期、禁慾期間後，便消失在調整室的深處。安全地轉交完畢，於是我便回去打掃男性專用房間。

——打開成人 DVD、確認光碟都在裡面、並且與片名一致後，我開始用酒精擦拭外盒。

以前曾經請患者將 DVD 直接擺在桌上，這樣只要擦拭看過的就好。可是由於意見箱裡出現「不想被知道看了哪一部」的反映，在那之後便改為放回架子上，然後擦拭所有的 DVD。

然後用乾溼兩用拖把將地板打掃乾淨，擦拭沙發和遙控器、耳機。最後準備放回電視櫃上時——突然停下了手。

櫃子上有片沒見過的DVD。我拿起來一看，封面是兩個裸體的男性相擁著。是GAY的成人片。這不是診所的物品，很明顯是有人帶進來的。那只有剛才的患者。我急忙確認報到表格。

塚田修先生、二十八歲。看診經歷一年，剛由人工授精提升至體外受精。原來是這樣啊。也有患者需要這類的影片才能自慰，或許之前已經帶來過好幾次了。

我把DVD放進不透明的紙袋裡，準備把它當作遺失物品放在櫃台，走出了房間。

塚田先生站在那裡。

「啊……那個、剛才、我、忘了東西——」

他滿臉通紅。

「是這個嗎？」

我若無其事地將紙袋遞給他。塚田先生瞄了一下裡面，沒有錯，他點頭說道。

「那個……妳看到了，對吧。」

塚田先生將紙袋緊緊地握在胸前，用有氣無力的聲音說。

「不，這沒有什麼。」

我刻意面無表情地回答。在診所裡，何時發生過性行為、做了幾次、這個月的月經什麼時候來的、分泌物的量有多少、是否得過性病等等，赤裸裸的情報交錯著。診所員工在詢問這些情報時如果一一有所反應的話，患者也會感到不舒服。因此無論如何要保持理智，這是鐵則。

沒想到，塚田先生緩緩地開口。

「雖然無法告訴妻子……其實，我是 GAY。」

要在松平 ART Clinic 接受治療，雙方擁有婚姻關係是必要條件，患者皆是百分之百的夫妻。一直以來先入為主地認為所有人都是異性戀者，那時我才第一次理解到，其中居然也有隱瞞自己是 GAY 而結婚的人。

「所以，這裡準備的 DVD 實在無法……瞞著妻子，偷偷地帶過來。哎，我實在是太失態了。一不小心忘記，還被診所人員看到。」

嘿嘿，塚田先生試圖敷衍過去地笑著，眼角卻泛著淚光。想必他現在一定受到相當大的打擊，大到想要從這個世界上消失吧。

「應該很看不起我吧。明明有妻子。根本是在騙人。不過對於妻子這個人，我是打從心裡喜歡、尊敬她的。再加上……還是想要個孩子。」

我不知道可以介入患者的事情到什麼程度。的確，一想到完全不知情的妻子，會覺得有些可憐，這或許是個嚴重的背叛。但是，唯有這句話我覺得我必須要對他說。

「我不會看不起你身為 GAY 的這件事，絕對不會。」

「……真的嗎？」

塚田先生像是鬆了一口氣似的、表情柔和了不少。

「謝謝……謝謝……」

塚田先生低下頭，眼淚啪嗒啪嗒地掉下來。

「這是我的第一次。雖然說有些輕率，這還是頭一次能夠坦白自己是GAY。在今天以前，除了在自己的部落格以外，我從來沒有對任何人說過。」

在二十八年的人生中，第一次出櫃的對象既不是家人、也不是朋友，居然只是一介醫務助理。對於他無人知曉的孤獨，我感到痛心。

「如果對象是我也沒關係的話，要不要跟我說說呢？」

雖然覺得自己有些多管閒事，我還是提提看。不孕症的治療費用龐大，卻無法保證一定成功受孕，甚至反覆流產等，無論精神上、肉體上的負擔都很重，情緒因此變得不穩定的患者也不在少數。由於光是傾訴心情就能冷靜下來的案例也不少，因此診所也允許，當患者有煩惱時，職員可以聆聽他們說話。

塚田先生抬起了淚濕的臉，微微地點頭。

「請稍等一下。」

我請同事協助負責男性專用房間後，將塚田先生帶往用於治療說明的獨立房間。

「不好意思。您明明這麼忙。那個……」一邊用手帕擦臉一邊坐下的塚田先生，確認了一下坐在對面的我身上的名牌。「淺野小姐，真的很謝謝您。」

「雖然除了聽您說話以外，什麼忙也幫不上，但如果這樣也行的話，請儘管說吧。」

「這樣就夠了。說實話，我也沒想到光是說出來就能感到如此輕鬆。只要一想到可能會被人厭惡就感到害怕，所以絕對不能被發現是GAY，一路這樣走到現在。」

不知道是不是冷靜下來了的緣故，口氣相當堅定。

「不過呢，周遭的人會感到厭惡也是理所當然的。因為……就連我自己也是這樣。」

「欸？」

「我也非常討厭，同性戀。在我體內居然存在著這種東西，不可原諒。」

塚田先生的臉上浮現扭曲的笑容。

「所以我沒有喜歡過自己。甚至可以說非常討厭。時常想如果我可以消失就好了。」

「塚田先生……」

「好幾次我都想去死。不過只要一想到父母親就還是辦不到。所以呢……我便隱姓埋名了。」

「隱姓埋名？」

「塚田修是個異性戀、普通地結婚、想要有個小孩、適合社會的人。同性戀的自己則沒有名字，誰都不是。」

在一生只有一次、名為自己的人生的舞台上，無法成為主角、只能隱姓埋名地過一生。這真的很令人難過。

「淺野小姐雖然不會看不起我，不過還是會覺得我很噁心對吧？算了，面對患者應該也很難說出口吧。」

對著自嘲地笑著的塚田先生，我正面回應。

「不，我不覺得。」

「少來了。」

「沒開玩笑。我是腐女來著。」

「腐女……是指喜歡BL的人對吧？」

「沒錯。所以我並沒有在客套或什麼的，我是真的不介意。」

塚田先生噗哧一聲、然後大笑。

「原來如此——。難怪會覺得很好說話。」

「雖然您或許會認為BL和現實不同，而對我不高興。」

「別這麼說，無論什麼形式，能夠被理解我都覺得感激。啊，我總算是懂了。」

「而且最近，好朋友的兒子才剛剛向我出櫃、介紹男朋友給我認識的說。」

「欸，他幾歲呢？」

「十七歲。」

「是喔……真令人羨慕。淺野小姐的話，一定很快地就接受了對吧。」

「那是當然。不只這樣，我還有點衝過了頭，正在小小地反省。」

「衝過頭了是嗎？」塚田先生的身子往前傾。

「難道，這樣不太好嗎？」

「不，我想這是很理想的接受方式。」

「真的嗎？」

「那孩子應該很開心才對。因為，平常要是說交了個女朋友，父母親一定會小題大作、煩人地問著『是怎樣的人？』或『帶回家來看看』之類的吧。如果能夠像您說的那個樣子被對待的話，我想他不會討厭自己。那個孩子，過往經歷的所有煩惱，托淺野小姐的福，都能轉化為自我肯定。」

「太好了。聽到塚田先生這麼說，我想我應該沒有做錯，安心多了。」

「淺野小姐的應對是一百分滿分。當然和我的應對也是。好了。」

塚田先生看了一下手錶，有點惋惜似的慢慢站了起來。

「差不多該從隱姓埋名回到塚田了。妻子的採卵也差不多要結束了。」

走出房間的瞬間，表情再度陰鬱，變回原本那個穩重的塚田先生。

「真的……非常謝謝您。」

塚田先生用一種完全無法想像剛剛還笑得很歡樂的微弱聲音說完後，尷尬地鞠了個躬、回到休息室去了。

隔天下午，收到了聖將傳來的訊息。這天是工作的休息日，正當我一邊打掃著家裡、一邊心不在焉地想著塚田先生的事情時，智慧型手機響了起來。

『托優美阿姨的福，今天要去約會！現在要去看電影。

然後啊，今天老爸出差，老媽說可以帶雄哉回家吃飯。雖然開心但還是覺得有點尷尬，要是優美阿姨能來的話就太好了。』

我馬上回覆『一定會去！』，把中元節從診所那裡分到的果凍、霜淇淋之類的東西裝進保冷袋，走出玄關。

天氣特別熱，到達杉山家時已經汗流浹背了。按下門鈴，莉緒啪嗒啪嗒地走了出來。

「不好意思吶，謝謝妳過來。」

「不要緊不要緊。聽說妳又邀請了雄哉？成長了嘛妳。」

「說到底，還不都是優美害的嗎。」

接過保冷袋的同時、莉緒的鼻子哼了一聲。

「哇哈哈、不客氣。」

一到客廳，冷氣早已開好了。

「啊——天堂啊！」

我一邊伸展、一邊把自己扔進沙發裡。哇，是 Ladurée 的雪酪耶——看起來好好吃——，莉緒在廚房開心地說著。

「阿稻去哪裡出差啊？」

「說是去京都。」

「呃——那裡應該超級熱吧。」

從隔開客廳和走廊的門的另一頭，傳來玄關被打開的聲音。

「咦，這麼早就回來了，不是去看電影嗎？」

莉緒歪著頭的同時、腳步聲越來越接近。

「啊——好涼。」

但是擦著汗走進來的，居然是阿稻。莉緒和我不由自主地看著彼此。

「欸……老公、你不是要出差？」

「因為對方的因素延期了。覺得有點累就請了半天假回來了。啊——終於活過來了。喔，優美妳來啦？」

阿稻心情不錯地鬆開領帶。從女子大學時期遇見阿稻，已有將近二十年的交情了。

「我去沖一下澡。優美啊，等等一起喝啤酒吧。」

阿稻用鼻子哼著歌、往浴室走去。然後馬上聽到了水流的聲音。

「完了，沒想到他會回來。該怎麼辦？」

莉緒慌了。

「先傳個 LINE 給他？跟他說阿稻回來了，改天再約。」

「嗯，也只能這樣了。」

莉緒拿起桌子上的智慧型手機、輸入文字。雖然聖將和雄哉應該都會很失望，不過突然遇到父親的話就尷尬了。連我也覺得，就算是以朋友的身分，把雄哉介紹給阿稻，現在還不是時候。

很快地，阿稻一臉清爽、穿著家居服出來了。他從以前洗澡動作就超快速的。

「吶——吶——優美啊、偶發現很好喝的啤酒呦。而且酒精濃度是八趴的說。」

脖子上圍著毛巾、踩著輕快的步伐，拿了三罐啤酒過來。雖然頭髮有些稀疏，已經完全變成了一個歐吉桑，不過人很好這一點，從以前到現在倒是沒變過。

「來，乾杯——」

三個人坐在沙發上，啤酒罐相互碰撞。我喝了一口。

「哇，真的耶。這個很可以。」

「我就說吧？最近我都只喝這個的啦。」

還是老樣子，交雜著各種方言。雖然是出身於關西，不過小學二年級之前，由於父親工作的關係，聽說也住過福岡、廣島、岡山等地方。由於他說著各種方言混和而成的獨特語言，阿稻語。莉緒和我都是這麼稱呼它的。

「來來來、放點音樂吧。好酒就要配上好音樂的說。」

阿稻起身、走向櫃子上的CD音響。

「阿稻，使用 Alexa 或音樂串流服務不就好了。很方便喔。」

「才不要勒。這樣就可惜了我的CD收藏。」

說的同時，阿稻自豪地摸著洋洋灑灑排成一列的CD外盒。

阿稻老是聽賽門與葛芬柯、法蘭克・辛納屈、木匠兄妹等，和他出生年份差不多的時期的流行歌曲。當時的確有許多名曲，不過也不知道為何他會追溯到那麼久遠的年代。

「不過這樣可以省去每次更換CD的麻煩。還可以用語音來操作。」

「就說不用了啦。」

「還可以練習英文。我的 Alexa 是設定成英文版的。」

「我英文很爛的說。」

「而且串流服務有時會打折，比如三個月只要九十九日圓之類的。」

「萌給——、九十九日圓？完全擄獲關西人的心的說。這樣的話我也來用看看好了。可是要對著 Alexa 講話，覺得有點難為情呢。那個 Alexa 是女的吧？要是莉緒吃醋忌妒的話要怎麼辦的說……怎麼可能忌妒嘛，我說！」

阿稻自我吐槽，然後大爆笑。這種北七的行徑，二十年來也從未改變過。話說回來「萌給——」好像是岡山的方言，意思是「很厲害」。

最終、阿稻選了東尼・奧蘭多與黎明合唱團的專輯。聽了〈老橡樹上的黃絲帶〉。

「又是這首？阿稻你真的很喜歡呢。」

莉緒也傻眼似的笑著。

「這是浪漫。妳們兩個懂嗎？」

阿稻不滿似的嘟嘴。

這首歌詞裡的主角，是個服刑三年即將出獄的男子。出獄前他給妻子寫信，他對妻子說，如果她還在等他回來的話，就在家門前的橡樹上綁上黃絲帶。要是屆時沒有看到黃絲帶的話，他就會乘著巴士直接離開。

可是隨著離家越來越近，男子開始覺得不安。他沒有勇氣去看樹上是否綁著黃絲帶。於是，他拜託了巴士司機幫他確認。

結果巴士裡的所有乘客響起了歡呼聲。樹上果然綁著黃絲帶。而且不是一條兩條。上百條的黃絲帶，訴說著妻子癡心等待男子歸來的那份愛——

「啊——真是讓人想哭的說——」

只要一喝醉，便會聽這首歌然後淚眼汪汪。這個故事本來基於口耳相傳，經過專欄作家彼得・漢密爾的介紹而廣為人知，在美國還曾改拍成電視劇。在日本則由導演山田洋次改拍成電影「幸福的黃手帕」，在美國甚至還重拍成電影「The Yellow Handkerchief」。

阿稻用手指打著節拍，跟著哼唱。雖然阿稻說他英文很爛，但發音其實並不差。

歌曲結束後，阿稻說「對了！」，同時拿起了電視的遙控器。

「雖然沒有 Alexa，不過我們訂閱了影片。」

在電視畫面輸入「The Yellow Handkerchief」後，出現了發行商的片頭，然後電影便開始了。並非典型華麗的「好萊塢」電影，而是以美麗的畫面細膩地描寫心情的作品。主演的瑪麗亞・貝羅和威廉・赫特也很棒。

能夠將感情投入至這樣的歌曲和電影裡的阿稻，果然是個好人，我心想。

「阿稻我問你喔……對於GAY你有什麼看法？」

沉迷在出獄的男主角和年輕人一同踏上旅程的情節裡的阿稻、瞪大眼睛看著我。

「什麼啊，這麼突然。」

「只是隨便問問。」

「有什麼看法……別人是別人，啊也沒有妨礙到誰，無所謂吧？」

「我想也是。」

阿稻是個好人。和我想的答案一樣，那我就放心了。

「難道說敏行他……？」

「不是不是。有朋友找我商量啦。說是兒子出櫃了。」

「啊——，這樣啊。」阿稻的表情變得複雜。「也是啦，如果是我家孩子的話，我應該也會煩惱吧。」

「欸……但你剛剛不是才說無所謂——」

「如果是自己的孩子，那就是另外一回事了。」

在一旁聽著的莉緒臉都僵了。

「妳剛剛說的朋友，對於出現在電視上的人妖或是GAY，應該能平常心地接受吧。可是不會希望自己的孩子變成那樣吧。」

「不過……」

「優美不也是一樣，如果敏行是GAY的話，妳應該也會不高興吧？」

「敏行有問過我，我跟他說我完全不會不高興。我是可以接受的。」

「欸，是喔？嗯——」

阿稻摸了摸因為酒精而泛紅的脖子。

「那我問妳，如果敏行帶回一個離婚三次、大他兩輪、還帶著五個孩子的女人，說要跟她結婚的話呢？」

「……這個我不行。」

「是吧？離婚三次、有五個孩子，這些都和人格無關的說。說不定對方是個很棒的人。可是無關邏輯、就是無法接受對吧？就是這個道理啊。」

我說不出話。這是性的問題，和那件事無法想提並論，但我也不知該如何說明。

「黃絲帶的歌也是一樣啊。美好的故事令人感動，每一個聽到這首歌的人，都會希望這位女子綁上絲帶並且等待吧。但現實中，這是個在牢裡服刑的男子啊。以父母親的角度來說，光是有前科這一點就 OUT 了吧。正因為是幻想，所以才能接受。這難道不是一種 Fantasy 嗎？」

我和莉緒看著彼此，陷入沉默。

「沒想到你還滿冷漠的嘛。」

莉緒開口。

「冷漠嗎……我倒覺得很普通啊。欸，為什麼變成好像我是個壞人啊？」

阿稻的眼睛眨個不停。

「莉緒妳也會不開心吧？假如聖將說他是GAY的話。」

莉緒想了一下，像是鼓起勇氣似的開了口。

「不，如果是我會支持他。我會百分之百的接受。」

我驚訝地看著莉緒。察覺了丈夫對兒子所表現出的抗拒、身為母親的自己無論如何也要堅定決心。我深深感動。說得好，莉緒！

「欸——，真叫人感到意外。」

但是阿稻不會了解莉緒的這番覺悟，他悠哉地喝光啤酒，視線回到了電視上。

「不過，話又說回來。」

阿稻再次看向我和莉緒。

「我的職場開始推動 LGBT 友善，採納了各種制度的說。目前成了總務的工作，由我來負責的樣子。啊，莉緒和優美也要再來一瓶吧？」

阿稻一邊說一邊走向廚房，打開冰箱。阿稻在商社擔任總務的工作。

「由於認同多元，可以選擇不在員工證上記載性別、也可以使用通稱名。可以依照性向認同去使用洗手間和置物櫃，導入同性伴侶制度等……還有免費分發彩虹的徽章和領帶的說。」

阿稻拿完罐裝啤酒回到了沙發，遞給我和莉緒一人一罐。

「這是時代的趨勢呢。」

莉緒深切地說。

「我覺得這是理所當然的權利。應該更早採取行動的。這種制度，從小學到大學、以及一般企業、政府，都要確實採行才對。」

啪嚓一聲打開啤酒罐，咕嘟咕嘟地喝。看著這樣的阿稻，我開口問。

「即便如此……聖將是LGBT的話，你還是會不開心？」

「當然。那個和這個是兩回事。」

還是暫時先不要讓他出櫃好了，我判斷。時機不對的話，聖將搞不好會陷入和塚田先生一樣的、自我否定的漩渦裡。這件事必須謹慎地進行。

「可是，老公……」

莉緒鑽牛角尖似的繼續說。

「無論學校和企業如何採行或認可那些制度，無法被家庭認可才是最痛苦的。確實，或許因為是他人、在電視上而非身邊親近的人，所以可以尊重也說不定。但事實上，正因為是家人，才最應該給予陪伴不是嗎？」

「理想是這樣沒錯啦。嗯——，反正不管怎麼說聖將又不是，討論這些假設性的問題幹嘛呢。他不正在和瑠音那樣的好女孩交往中嗎？」

阿稻的表情變回幸福的父親，目光回到電視畫面上。

畫面裡，妻子正在面會獄中的男主角。

「我回來了——」

客廳的門突然打開。回頭一看，聖將和雄哉站在那裡。

「喲！你回來啦——」

當喝得醉醺醺、整個人像是埋進沙發裡的阿稻起身時，兩個人面面相覷、愣在那裡。

我和莉緒也僵住了。完了。這下子真的完了。

「那個——，怎、怎、怎麼回事？你沒有看到我傳的 LINE 嗎？」

莉緒從沙發上站了起來。

「啊，那個……我沒看到。在電影院把手機關機後就忘了開。」

聖將驚惶失措。雄哉說了聲「那麼我先告辭了。打擾了。」然後轉身。

「等一下。你是小聖的朋友？要不要進來坐坐啊？」

阿稻站起來，搖搖晃晃地走到兩人面前。

「不了，今天就先這樣——」

「不用客氣啦。反正我就是個酒鬼嘛。」

「老公，你不要強留人家──」

「夠囉──怎麼連莉緒妳也──。歹雜某──」

阿稻強行拉住兩個人的手，讓他們往沙發坐了下去。聖將和雄哉不知所措地看著彼此的臉。

「同一間學校的？」

「我叫藤本雄哉。目前是S大二年級──」

「S大啊！萌給──優秀呀。而且看起來就像個少爺呢。啊，不是貶抑的意思。只是有種都是有錢人在讀的印象。」

「沒這回事。雖然那樣的人的確滿多的，但我家只是個普通家庭，是拿了獎學金才勉強過得去。」

「欸，有拿獎學金啊？我知道這樣很俗氣，但我可以問一下嗎？你拿的獎學金是需要還的？還是不用還的？不好意思問這個問題。請原諒我這個關西人。」

「是不用還的那種。」

「哇——！那你還真是聰明。要拿到相當不容易呢。實在太厲害了，S大二年級啊。咦！這麼說你已經成年了？早點講嘛。啤酒啤酒。」

阿稻開心地從冰箱拿出了啤酒。

「這個酒精濃度有八趴喔！」

又在老王賣瓜了。

「那麼，讓我們再一次、乾杯！」

阿稻的手裡不知道什麼時候握著罐裝的碳酸燒酎，帶領著大家乾杯。

「不過大學生的朋友還真罕見。怎麼認識的？」

天真的問題。聖將和雄哉、莉緒和我都滿臉蒼白。就連見過大風大浪的我，都不禁心跳加速。尤其才剛剛聽完阿稻對於GAY的想法。

「在音樂的社群上……」

聖將用微弱的聲音回答。

「欸？音樂？」

「可以發表對既有歌曲的感想、或是上傳自創曲之類的，自由的網路空間。我和聖將是在那裡認識的。」

雄哉雖然有些緊張，不過還是好好地回答了。

「自創曲？這麼說來，你有在玩樂團之類的囉？」

「是的。不過，只有大學社團的程度而已。然後聖將來看我們的現場演出——」

「這樣啊，原來是這樣。能交到這種好朋友真不錯呢，小聖。」

阿稻砰地拍了一下聖將的背。

「這孩子是個獨子。雖然有些任性的地方，但其實滿怕孤單的。今後也請和他好好相處。麻煩你了啊。」

阿稻兩手擺在咖啡桌上，深深地磕頭。「我也是，請多多關照。」雄哉急忙做出同樣的動作。

「啊——！你們你們！快看這裡！」

阿稻突然指著電視畫面大聲地說。在好幾十條隨風飄動的黃絲帶下，男主角和妻子相互擁抱的高潮戲。

阿稻沒有再說話，只是滴滴答答地流著眼淚。

「哇！果然是傑作呀……」

阿稻從面紙盒裡猛抓了一把，擦拭眼淚和鼻水。

「你知道嗎？這部電影。」

「不知道……」

雄哉不好意思地搔頭。

「那你知道〈老橡樹上的黃絲帶〉這首歌嗎？」

當阿稻唱出副歌時，雄哉「啊」地點頭，開始唱和。

「對對對！這麼老的歌你居然也知道呀。」

「各種類型的音樂我都喜歡。」
「而且你聲音很好聽呀。在樂團裡是主唱？」
「不是，主要是貝斯的部分。」
「是喔——你應該要唱歌的。」
阿稻和雄哉聊得很開心，其他人則是緊張到不行。
「貝斯啊。如果會彈的話一定很帥吧。」
阿稻彈起了空氣貝斯。
「不過我彈得不是很好。明天有演出卻還沒有練好，團員們都在生氣呢。」
「欸——，明天有現場表演啊。」
已經不知道開了幾罐碳酸燒酎，阿稻津津有味地啜飲著。
「真想去看看。」
我有沒有聽錯。

除了阿稻以外的所有人同時互看。不用說，每個人的臉都是僵的。

「你去的話會妨礙到人家啦。」

莉緒高聲制止。

「沒錯，老爸。LIVE HOUSE 那種地方，歐吉桑只會顯得格格不入。」

「無所謂無所謂。我一直憧憬可以和兒子一起去 LIVE HOUSE 的說。而且還是兒子的朋友的表演。超帥的啦！」

哇哈哈，阿稻滿臉通紅，豪爽地笑著。

「不要，和老爸去看現場演出，實在是太丟臉了。」

「對嘛阿稻，年輕人有年輕人的世界。你看看你，醉成這個樣子。振作一點啦。」

我也有些焦急，用力地搖了阿稻的肩膀。

「不管，我要去！說要去就是要去！」

阿稻站了起來，霸氣地宣示。

看樣子阿稻是認真的。

喝醉的阿稻，似乎沒有發現我們的困惑，又開始哼起了老橡樹上的黃絲帶。

對於雄哉和阿稻變得親近，到底是吉還是凶，我無法想像。——拜託拜託，希望結果是好的。

我不想讓這兩個年輕人過著匿名的人生。我罕見地、認真地打從心底祈求了好幾次。

第四章 稲男

息子のボーイフレンド

仔細想想，這還是LIVE HOUSE的人生初體驗。

也沒去過演唱會。只有小時候，騎在貓熊車車上，看過來到百貨公司頂樓的新人偶像。

要說原因的話，因為我喜歡的全都是古早的樂團。賽門與葛芬柯啦、海灘男孩啦、就連我最喜歡的東尼奧蘭多與黎明合唱團，都並非活躍於當下。

因此我滿期待今天的。而且，也很久沒有在週六全家人一起出門了。

搭乘電梯到建築物的頂樓，一出電梯便是報到的櫃檯。牆壁上貼滿了樂團的海報，以及現場演出的傳單。啊！這種感覺還不賴呢。

「所謂的LIVE HOUSE，原來是在頂樓呀。」

我興致勃勃地說完，聖將卻說出「不一定吧。上次我去的地方是在地下室，各種地方都有可能不是嗎」這種打臉的話。

今晚是聖將的朋友的現場演出。在櫃檯拿了招待券和飲料券後入場。偏暗的會場裡擺放著椅子和桌子。

「欸——，LIVE HOUSE 不是站著看的嗎？」

我裝懂地說道。

「這只是社團的現場演出，所以隨興欣賞就行喔。」

聖將再次說明。「我去換飲料。要喝什麼？」聖將問。

「那麼，我來杯威士忌蘇打好了。」

「那我也一樣。」

莉緒說完，聖將便往吧檯走去。等待的期間，可能是大家都太客氣了，於是我們往舞台正面那個還空著的桌子移動。

環顧四周好像都是社團的同伴，中年人只有我和莉緒。不過呢，我心裡想。莉緒完全不會輸給在這裡的女大學生。她是最漂亮的。

「你默默地在笑什麼啊？」

聖將靈巧地拿著三個塑膠杯回來了。

「沒什麼，只是想說很久沒有全家一起出門了。」

「我都已經高二了。」

聖將笑著說。那個表情，和在一旁微笑著啜飲威士忌蘇打的莉緒，根本一模一樣。

托長得像莉緒的福，兒子相當有男人味。我的頭髮越來越稀疏、完全地中年發福。臉圓圓的、眼睛也又圓又小。「這是我兒子。」每次只要這樣介紹，對方必定會嚇到。不過這樣總是讓我很開心。呵呵呵，沒錯吧，我的兒子長得很帥吧？我為此感到自豪。

莉緒喜歡視覺系樂團，以前似乎經常去看現場演出和演唱會。可能是因為這樣，莉緒一邊把頭髮往上梳一邊盯著舞台的樣子，總覺得挺有那麼一回事的。

最喜歡的樂團是 LUNA SEA，似乎很喜歡主唱 RYUICHI。是個和我毫無共通點，有著一張和女性同樣漂亮的臉蛋的男性。說實話，像莉緒如此可愛的人為什麼會選擇這樣的我，至今我仍不明白。

說到這個，看著別桌的同時我回想起。第一次相遇的時候莉緒還是女大學生，剛好和這些孩子差不多年紀呢。

在我以前工作的商社曾經經營的文化教室裡，莉緒是英語講座的學生。當時我被借調至總務部，只有在收取講座費用或協調補課的時候，會和學生打到照面。

能有機緣和幾乎沒有交集的莉緒去喝東西，只能說一切都是命運。契機是文化教室的漫才講座主辦的搞笑現場演出。借了一個小小的會場，有十組左右的表演者，因此在教室裡發放免費的入場券。而莉緒來看了那場演出。

我被叫到櫃檯，忙得不可開交，莉緒卻笑著對我說：「啊！總務先生。」

從很久以前就覺得濱家同學很可愛，所以她記得我這件事，讓我開心得飛上了天。

演出結束、收拾完東西，打算喝一杯再回家，走在餐飲街上的時候，看到了兩個年輕女生，被像是小混混的男子糾纏。

「喂，你給我住手。」

過去曾是小混混的血液忍不住沸騰，我抓住他的肩膀用力把他拉開。

「蛤？哪來的歐吉桑，找死啊──」

「對方都說了不願意不是嗎？」

「和你沒有關係吧──」

我一把擰住他的手臂、眼神銳利地瞪著他──，狠狠地以帶著威嚇感的聲音說。

「想被修理膩？」

那位老兄臉色大變，說了「對不起」之後便逃走了。

「謝謝——啊，總務先生。」

那兩個女生居然是莉緒，和她自高中以來的親友優美。說什麼無論如何都想要道謝，於是三個人就這樣去了居酒屋。

「謝謝您。那個人非常地壞，很可怕呢。」

乾杯後，優美輕輕地低下頭。

「哪裡哪裡，這點小事。」

「您說您姓杉山對吧。不好意思，一直不知道您的名字。」

莉緒道歉。

「沒有這回事。今天謝謝妳過來。還帶了朋友一起來。托妳的福，現場才沒有顯得空空蕩蕩。」

「哪裡，我還滿喜歡漫才的。」

由於搞笑這個話題，出乎意料地聊得滿開心的。

「話說回來，濱家小姐喜歡搞笑，還滿出人意料的。」

「是嗎？我很喜歡也很常看呢。無論是電視或是現場演出。」

「欸，真的假的啦？」我點頭。

「杉山先生是關西出身對吧？」優美接著問。

「哎呀——，我一直以為自己是用標準語在說話，沒想到還是被發現了。」

「這還用說嗎。」

莉緒噗哧一笑。

「雖然住過很多地方，實際上我出身於一個叫做尼崎的地方——」

兩個人尖叫並且笑著拍手。

「尼崎！我知道！是Down Town二人組的出身地對吧？」

她們提到了當時氣勢如虹的漫才組合的名字。的確由於那兩個人的興起，尼崎在關東地區的知名度也上升了。

「Down Town，滿好笑的對吧。我很喜歡他們。」

「我也是！Down Town 的漫才，非常地嶄新對吧。」

兩個人嘰嘰喳喳地笑著。後來只要我一說關西腔便笑果十足。雖然我沒有刻意這麼做，但不知為何就是很有哏。

「啊——太好笑了。人家都說大阪人只要正常聊天就很好笑，原來是真的。」

優美擦著由於笑得太過頭而泛淚的眼角。

「和大阪人結婚的話，似乎每天都會很開心呢。」

雖然與我無關，不過聽到莉緒這麼說，不禁心跳加速。

「大阪腔果然真不錯，光是聽著就覺得充滿元氣啊。大阪，好想去看看呢。尋找 Down Town 軌跡之旅！」

這兩個人的對話雖然很有意思，卻蘊含著一個重大的誤解。我緩緩地開口，陳述了至今反覆向關東的人說了好幾十次的事實。

「那個，兩位似乎誤會了什麼……妳們知道 Down Town 不是大阪人嗎？」

「哇哈哈，這個好笑——。沒有比他們更道地的大阪人了吧！啊——，杉山先生果然很有趣。」

可能是喝醉了吧，優美呵呵地笑著。

就是這樣。這一點便是除了關西人以外都會誤解的地方。

「尼崎……不在大阪喔。」

「咦？」

莉緒也看著我。

「尼崎……在兵庫縣。」

優美和莉緒愣在原地好一陣子後，同時發出了「欸欸欸欸欸欸欸欸欸欸！」的叫聲。

「騙人——騙人——！尼崎居然是在兵庫縣？討厭——跟印象差好大。」

是的。關於這個，大家都搞不清楚。不，搞不好除了兵庫縣和大阪府的人以外，所有人都不知道也說不定。同樣位於關西圈裡的奈良縣和京都府的人，甚至也可能認為尼崎in大阪。

「所以說Down Town是兵庫縣縣民?真叫人不敢相信——。居然不是大阪人。」

莉緒一隻手拿著碳酸燒酎大笑。

果然很可愛呀，我醉醺醺的大腦想著。

喝酒聚會的幾天後，在教室遇見莉緒時，我鼓起勇氣約她去吃飯。莉緒笑著說OK，吃飯時只要我一開口，莉緒便笑得東倒西歪。

幾個月後，我們正式交往。是托前任小混混的福。或者是拜關西腔所賜呢。我想，也許兩個都有吧。

現場演出開始，我從回憶被拉了回來。巨大的轟鳴，我的耳朵都要被吹走了。我馬上用食指摀住耳朵，莉緒和聖將卻一臉若無其事地聽著。我拿出隨身包的面紙，撕成條狀再揉成一團後塞進耳朵裡，但由於音量實在太大，一點幫助也沒有。

把頭髮往上梳的女子在舞台上又蹦又跳。這種的、是叫做重金屬嗎？在一陣頭暈目眩中，第一個樂團表演完了。

「老爸，你還行嗎？」

「真是的，所以我早就說過叫你不要來看現場演出了。」

聖將和莉緒苦笑著。

「啊——還真是嚇了我一跳呢。不過我沒問題的啦。接下來就是雄哉的樂團了對吧？沒事沒事。」

話說到一半，雄哉的樂團上了台，開始準備。雄哉在替貝斯調音時發現了我們，有些害羞地點了點頭。

在鼓點的倒數下，歌曲開始了。果然還是很吵的音樂，好想再次塞上耳塞，不過我忍了下來。莉緒看起來很開心，隨著節奏擺動身體。這麼一說，有點像是 LUNA SEA。

莉緒和我，對搞笑的喜好和食物的嗜好都很合，唯獨對音樂的喜好不同。我喜歡很老的流行音樂，總是被莉緒和聖將嘲笑像個歐吉桑。不過我本來就是歐吉桑，倒也無所謂。聖將則是繼承了莉緒對音樂的愛好。

聖將像是被吸引住似的，一直凝望著舞台。有時和彈著貝斯的雄哉四目相交、相互微笑。這兩個人年齡不同但感情還真好呀，我想。

因為是社團的演出，表演時間不長，五首歌便結束了。即便如此我的耳朵發麻、眼冒金星，頭也陣陣作痛。

「老爸，回家吧。雄哉的樂團也表演完了。」

也許是發現了我在忍耐，聖將說。

「沒關係的，看到最後吧。」

「後面還有六組喔？」

「可是觀眾減少的話很可憐吧？更何況我們是正面的位子。」

聽我這麼一說，莉緒便說：「這種小地方，你從以前就很體貼呢。」然後對著我微笑。

剩下的六組我努力硬撐、拍手，終於可以站起來了。

啊——，好想趕快回家聽〈老橡樹上的黃絲帶〉來治癒我的身心。殷殷期盼地往出口的方向走，看見一個正在收拾椅子的短髮女子。

哇，長得還真是漂亮呢。

巴掌般的小臉上、眼睛鼻子嘴巴皆位於完美的位置。長得高、腿也修長，正當我忍不住盯著看時，「嗨嗨。」她笑著朝這裡走了過來。我心跳加速。

「這不是聖將嗎。你來了啊。」

喂——，聖將居然認識這樣的美女。

「美彌子妳沒有上台呢。」

「嗯，我今天負責後台。」

兩個人親密地交談著。我的兒子果然有兩下子。

「哎呀，這兩位是你父母親嗎？初次見面，我是竹中美彌子。」

與模特兒般的瀟灑姿態不符，恭敬地行禮。是個家教良好的千金。「兒子承蒙妳照顧了。」莉緒和我也點頭回禮。

「下次請務必再來。我還有東西要整理，先告辭了。回家路上小心。」

她留下華麗的微笑然後離去。「簡直像藝人一樣。」莉緒在我耳邊低語的時候，雄哉過來了。

「百忙之中，今日特地遠道而來，非常感謝。」

「哪裡哪裡，真的很開心的說。我們才應該道謝。充滿朝氣的學生真好。有種回到年輕時的感覺吶。」

「不會覺得很吵嗎？」

「老爸他啊，除了雄哉的樂團以外，一直摀著耳朵呢。」

「喂喂。」

笑著的時候突然想到。

「我們正打算去吃點東西，你要不要也一起來？當作是你招待我們的回禮。」

莉緒和聖將一臉疑惑地看著對方。欸，難道我說錯了什麼嗎？正當我這麼想的時候，雄哉開口。

「謝謝您特意邀請，不過——」

「啊！也對。要和夥伴們去慶功對吧。抱歉、抱歉。」

「不是。我必須照顧祖母。」

「你？」

「祖母年紀大了，而且臥床。」

「欸！在家裡看護嗎？」

「請照護員來協助，加上父親和我輪流照顧。今天輪到我。」

「雄哉會作料理、擦拭身體，什麼都會做呢。」

不知為何，聖將引以為傲地補充說明。

「真了不起。這可不是什麼簡單的事情。特別是對於你這樣的年輕孩子來說。」

不是客套話，而是出自內心的話。現在，居然還有如此可靠的年輕人啊。一邊領獎學金上大學、一邊照顧臥病在床的祖母。而且也從事不浪費青春的樂團活動，不會給人悲慘的感覺。

真是個好孩子呢，這孩子。

我不禁感動落淚。在多數輕浮的大學生裡，還有這樣的年輕人的話，那日本就還有救。

「下次再來家裡玩。一定會好好款待你的。」

聽我這麼一說，他回應了一個超乎我預期的微笑。

「真的嗎！」

「當然歡迎你啊。對吧，莉緒？」

「……是啊，老公你覺得好就好。」

「老爸，謝謝你。」

聖將高興似的眼眶泛淚。

「隨時都行。不用客氣過來吧。」

電梯剛好來了，於是我們進了電梯。雄哉一直低著頭，直到電梯的門關上。

真的是近期相當罕見的好孩子，果然真的是吃過苦頭的，我內心感慨萬千。

直到星期一早上，耳鳴仍然持續著。

這還真令人受不了，我束手無策地去上班，到了辦公室還是覺得不對勁，於是撫摸著耳朵的時候，「怎麼了嗎？」坐在隔壁的女性社員問。

「週末去看了現場表演結果耳朵就……」

「欸，現場表演！部長，好年輕——」

「是、是嗎？」

有一點開心。

「誰的現場表演？」

另一個社員探出身來。

「沒什麼，不是專業的，只是兒子的朋友的樂團，因為被邀請所以就全家一起去看了。雖然我也不是很清楚，不過好像是叫做硬式搖滾，挺不錯的說。」

「欸——，那種活動居然可以全家一起去，真的是很棒呢。」

嘿嘿，沒錯吧？

我帶著好心情確認工作的郵件時，內線電話響了。

——有您的訪客。

是的。今天從一大早就要開會。我匆匆整理好書面資料，往會議室去。

等在那裡的，是穿著有型、一身西裝的川添先生。給人一種乾淨清爽的感覺，用關西腔來說的話，就是很「漂泊」的人。雖然今天也才第二次見面，不過他的想法豐富、十分靠得住。

我坐在對面的座位，馬上進入會議。川添先生是 NPO「OPEN LGBT」的代表，對於今後公司朝向 LGBT 友善發展，擔任顧問的角色。

「貴公司的話，原本在各樓層就設置了性別友善廁所，建議可以貼上性別中立的貼紙、並且在貴公司的網站和社內公告周知。更衣室的部分，位於三樓的男性更衣室空間最大，如果將其轉為性別中立使用的話——」

他事前彙整好了立即可以採行的想法。我嗯嗯地點頭，同時盤算著，只是貼紙的話，會議結束後我可以自己做，馬上就可以貼上。

「然後這是講習時要說的內容概要。可以請您過目一下嗎？」

川添先生把 PowerPoint 的資料朝向我這裡。從「什麼是 LGBT」的基本解說，到禮儀和各自可以採取的應對等，內容淺顯易懂。

「那個，如果內容可以帶到 SOGI 或是 FtM、MtF 的話就更好了。」

聽到我的話，川添先生的表情為之一亮。

「太厲害了！上回交給您的資料，您有確實過目呢。」

既然要採行，我便無法允許自己一無所知。在第一次會議時，作為參考而拿到的書籍和報導的影本，我全部看過。資料裡有SOGI（Sexual Orientation, Gender Identity，性取向、性別認同）、LGBT的T（跨性別）細分為FtM（Female to Male，生理性別為女性而性別自我認同為男性的人。由女性變性為男性的人，或是想要變性的人）和MtF（Male to Female，生理性別為男性而性別自我認同為女性的人。由男性變性為女性的人，或是想要變性的人）等的說明。順帶一提，川添先生本身好像就是FtM。

「哪裡的話，身為負責人這是理所應當的啦。」

意料之外的感激讓我覺得不好意思，一隻手在面前揮舞。

「沒這回事。我去過各式各樣的企業，大多數人的態度都是基於被賦予的任務而心不甘情不願地做著、或是缺乏熱情。參考資料連看也不看，全部都丟給我們來做。我們希望負責人也能透過這個活動而深入地去理解，但似乎相當困難，說實話，內心還真的感到滿挫折的。也正因此才格外地感激！」

「沒、沒什麼，理所當然的事而已。」

雖然不好意思，不過是真心話。

「明明是那個人自出生時的自我認同，卻因此無法得到與異性戀者相同的好處，這不是很奇怪嗎。不平等不是嗎？明明有得到同等幸福的權利。無論性或者性傾向，是一輩子跟隨著那個人的。所以那個人一生都無法得到幸福了嗎？很不合理對吧。」

「聽到您這樣說，真的很令人放心。」不是應酬的場面話，川添先生似乎真的打從心底感到高興。「您是盟友（Ally）呢！」

咦？新井（Arai）？荒井（Arai）？

「不，我姓杉山……」

竟然不記得我的名字，我內心小小受傷並提出更正，川添先生大笑。

「啊哈哈哈哈，太好笑了！真不愧是大阪人！」

才不是大阪、是兵庫縣人好嗎，我一邊碎碎念一邊回到座位上，重新讀了一遍資料，Ally 似乎是指理解並以行動支持 LGBT 的人們。由於只是小小的一行字，當時我只是讀過去而已。

川添先生一定是以為我仔細讀過資料、知道 Ally 這個字，然後刻意搞笑的吧。明明沒有在搞笑或是吐槽，只因為是關西腔，所以聽起來就像是那樣，也經常在沒有刻意的情況下引來爆笑。算了，或許也可以說是有好處吧。

最後，我委託川添先生進行兩次研討會，並在第二次安排了關於 SOGI 和 FtM、MtF 的詳細說明。

確認大會議室的空檔、暫訂下幾個時段，接下來就是貼紙的製作。我從免費素材裡搜尋具有彩虹元素、淺顯易懂的圖案，從一樓到五樓的廁所、更衣室用、加上備用的，以專用紙列印了十張。

在等待列印完成的時候，我不經意地環視整個樓層。這個樓層裡有總務、財務、採購，約莫一百五十名員工。加上其他樓層的話，是個員工接近一千兩百人、以生活雜貨和室內家具為主要業務的中型商社。

根據川添先生的資料，日本LGBT的比例，和左撇子、血型為AB型的人差不多，約九～十％。也就是說這個樓層裡有十三至十五人、以全公司來說有一百人以上也不足為奇。

我從備品室拿了梯子、在性別友善廁所出入口的牆壁上貼上貼紙時，「啊，是這個啊。」有人向我搭話。我往下看，一位大概五十幾歲的女性站在那裡。脖子上掛著的員工證上寫著國際部第一課。是花形那個部門的。

「我看到公司內部郵件了。聽說我們公司也要開始著手了。這麼快嗎？」

不知道是不是正要去休息，她的手上拿著電子菸。她看到了我的名牌後，發出「啊」的一聲。

「你是負責人杉山先生吧。未來也會採行同性伴侶制度之類的。」

「一點兒也沒錯。雖然說，無法一步登天，而是階段性的進行，不過是抱持著儘快達成的想法在從事活動。」

我一邊走下梯子一邊說，她忽然低頭，用雙手把玩起手中的電子菸。

「杉山先生還真是熱心呢。」

「與其說是熱心……不過是想讓事情接近它原本該有的樣子而已。」

「原來如此。」

她些許遲疑地低頭，然後小聲地、快速地說。

「我……其實是當事人。」

「嗯？」

因為聲音太小了，我回問。

「LGBT的其中之一，我的意思是。」

「啊，原來是這樣啊！」

在此之前，彷彿茫然地以看不見的社員為對象制定對策似的，感受不到任何回應。第一次出現了看得見的對象，突然充滿幹勁。

「也會舉行研討會。剛剛才暫訂了下個月二十號下午一點的五樓大會議室。如果方便的話請出席。」

她笑著搖頭。

「那個不太方便。」

「啊……工作很忙。對吧。不好意思。」

「不是因為很忙……如果我是異性戀的話，或許會正大光明地參加，也說不定。」

「欸？」

「參加了研討會，就算只有一點點，要是被認為是性少數的話就麻煩了。加上我沒有結婚，可能會被說『就說吧果然是那樣』之類的。」

「不、不過有很多人參加啊，應該不會特別說誰是怎麼樣的——」

「雖然只是或許……但我想去參加的人，多半都不是異性戀吧。對於當事人而言，有種自己的身分曝了光的感覺，因此很困難。而且，參加這件事就好像非自願的出櫃一樣，讓人感到害怕。」

我從來沒有那樣想過。我一直以為只有好處。我為之愕然，她慌忙地補充說道。

「真是抱歉，活動本身當然是很棒。也可以感受到杉山先生的熱情。但是……要是我搞錯的話很抱歉，不過杉山先生是異性戀對吧？」

她看著我左手無名指上的結婚戒指。

「您結了婚，也一定有孩子。因為您在安全範圍裡，才能如此熱心地行動。如果杉山先生自己或者您的家人是GAY的話，應該無法如此公開且積極的行動。」

最後她匆匆點了個頭後，便快步離去。

看著她的背影，我回想起過去最好的朋友。

在尼崎就讀的小學裡，有錢人家的孩子和貧窮的孩子、喜歡讀書和討厭讀書的孩子、信仰各種宗教的家庭的孩子、各種國籍的孩子，所有人感情很好地玩在一塊兒。

其中，有個人稱阿義，名叫義也的人氣王。很會打架，搞笑的品味一流，跑得很快，棒球和足球都很在行。玩躲避球的時候，每個人都想和阿義分在同一隊。

幾乎所有人都上同一所國中，阿義依舊是人氣王。國三的時候，由於我憧憬當時流行的「高校太保」和「鐵拳對鋼拳」而成了小混混，但阿義依然願意做我的朋友。

到了高中大家各奔東西，阿義進了縣內數一數二的升學學校。那時才頭一次意識到阿義的父親是律師，阿義本身也非常地聰明。而我去了小混混很多的高中，把金髮弄成飛機頭，穿著應援團的短制服，淨幹著蠢事。雖然彼此的學校有些距離，但由於住得近，有時會和阿義一起玩。

某個大雨的夜裡，阿義突然跑來我家。全身淋得濕漉漉的。

「喔喔！這不是阿義嗎。怎麼了？進來進來。」

我家老爸把阿義帶了進來。從小就在家裡進出的阿義，和自己的孩子沒什麼兩樣。老媽燒了洗澡水，提供了晚餐。然後在我的房間裡玩快打旋風II。阿義是凱爾，我是肯。

「我啊。」

阿義使出腳刀的同時開口。

「搞不好是同性戀的說。」

我以昇龍拳應戰，同時「欸！」地發出呆滯的聲音。

「可惡，居然輸了。」

阿義丟下了手把。「我也搞不太清楚，不過我想我搞不好是同性戀。」

阿義再說了一次，同時倒在榻榻米上。

「真假啦。好噁喔。你不要對我怎樣喔。」

現在回想起來，那真是相當殘酷的吐槽。不過那個時候的我，不知道該怎麼回答才好——雖然這麼說也不代表那是可以被原諒的。

「並不會好嗎！北七。我也是有選擇的權利的。」阿義笑了，「啊！真的好噁。好噁好噁。我覺得自己好噁。」阿義瑟瑟發抖。

「自己也覺得噁心嗎？」

「嗯嗯。噁心到厭惡。比起春麗，還比較喜歡凱爾耶。不是很變態嗎？」

在此之前，心底總覺得阿義或許是在跟我開玩笑。畢竟他是個喜歡說笑話逗大家開心的男孩子。可是這句話卻有種真實的感覺，讓我感覺到阿義是認真地為此苦惱著。

「阿稻真好。不是同性戀。」

身為律師的兒子，既有錢又聰明、運動也萬能的人氣王。明明如此，卻羨慕著如此沒出息的小混混。只因為是同性戀就失去了自尊心嗎？我覺得有些難過。

「哎喲！無所謂吧。又不是什麼壞事。」

「笨蛋，因為你不是同性戀，所以才能說得這麼簡單。你知道嗎？出社會後要是沒有結婚的話是無法出人頭地的。只有落魄一條路了。我已經玩完了。」

「沒有……這麼嚴重吧。」

「那麼我問你，如果可以自己設定同性戀或正常人的話，你不會選同性戀吧？」

看我什麼也答不上來，阿義苦笑。

「就是這麼一回事。我真的很失敗，和垃圾一樣。」

看著斥責著自己的阿義，我覺得很難過。大家的人氣王阿義。總是閃閃發光的阿義。

那個晚上以來，阿義便不再與我和其他朋友來往。有傳言說阿義雖然上了京都的一流大學，在就職的銀行表現卻不如同期，精神上走投無路而離職。而由於我去了關東，因此也不清楚他現在的情況。

阿義之所以無法出人頭地，不知是否真如他所說，是因為沒有結婚的緣故。不過那一天，應該有能夠更加貼近那傢伙的心的方法才對，至今我仍為此感到懊悔。

現在我之所以這麼努力地從事活動，也許可以說是在向阿義贖罪。而且，可以沒有任何抗拒地投入，正如同今天被批評的，的確是因為我不是當事者。

如果我是阿義的話。或者阿義是我哥哥的話。我弟弟的話。「哎喲，無所謂吧。」一定。不，是絕對無法這麼想的吧。

雖然社會上對於LGBT變得包容，但仍舊充滿著偏見。

女裝者、人妖、GAY活躍於電視上，觀眾帶著善意接受他們。但那難道不是因為他們只存在於畫面中嗎。如果他們是自己的家人的話，也許會表現出抗拒吧？

只因為是沒有任何關係的他人，我才能裝聾作啞地說：「哎喲，無所謂吧。」致力於公司內部的活動。

川添先生開心地稱我為「盟友」。我的心感到刺痛。

搞不好我才是那個最偽善的人。

我嘆著氣、扛著梯子，前往其他樓層貼剩下的貼紙。

結束一天踏上回家的路。在最近的地鐵站下車，天氣即便已經日落依然酷熱，我呼呼地喘著氣，好不容易回到了家。擦著汗水走進玄關，便看見一雙不太熟悉的男鞋。

啊！是雄哉嗎？

說到這個，聖將的確說過今天雄哉會過來。

打開客廳的門，雄哉果然在。和聖將並肩坐在餐桌上，兩個人正一起讀著像是參考書的書本。雄哉發現我之後，立即站了起來。

「打擾了。上次感謝您百忙之中特地前來。」

「哪裡的話。在做什麼？」

「讀書。」

聖將回答。

「讀書？還真是稀奇。」

聖將絕非不聰明，但卻不愛讀書。心想差不多該讓他去上補習班了，不過本人卻完全沒有意願，我正為此感到頭痛。

「他說要以S大為目標。」

莉緒在開放式廚房說。

「S大！騙人的吧！」

見我如此興奮，「沒在騙的。」聖將苦笑著說。

「因為雄哉跟我說，那是間不錯的大學。要是能上同一所大學也滿好玩的。」

「那很好啊。欸！所以雄哉才來指導你讀書？」

「因為我還記得當考生時的感覺。」

「那太好了。真的很感謝的啦。不過你們為什麼在餐桌上讀書勒？怎麼不去聖將的房間讀？這裡無法專注吧。」

正當我感到不可思議的時候，

「在這裡比較好。這裡比較讓人放心。對吧？」

莉緒微笑著說。聖將和雄哉也點頭。

「我也報名了補習班的暑期講座。」

聽到聖將的這番話，我的身體不自覺地往後仰。

「真的假的啦！」

把S大視為志願，自動自發地讀書，還報名了補習班。都是托雄哉的福，帶來這些好的影響。感恩雄哉，讚嘆雄哉。

「交到了一個這麼棒的朋友，真是太好了。」

聽到我認真地這麼說，三個人互相使眼色、曖昧地笑了。嗯？莫非其實沒有想去S大嗎？不過總之他願意去上補習班就好。

把再度開始讀書的聖將和雄哉當作下酒菜，我坐在對面，開了一罐碳酸燒酎。托雄哉的福，這酒喝起來更美味了。我一口接著一口地喝。

「那麼你把這個問題，用我剛才說明的公式去解看看。」

雄哉下了指示後，站了起來。直接繞過桌子走進了廚房。

「不曉得好了沒有。」雄哉一邊說著，站在切著醃漬物的莉緒旁邊，打開平底鍋的鍋蓋。「喔，看起來不錯喔。冰花煎得脆脆的、很完美。」

「欸！不會吧？雄哉還幫忙做料理啊？」

「你才知道。說要回報我們去看現場演出，還買了食材過來。我只有煮白飯和切醃漬物而已。讓我整個好輕鬆呢。」

莉緒把切好的醃漬物端到餐桌上。

「欸！你還會做菜啊。」

「家裡只有我爸和我，因此從小學五年級開始就得自己做便當和晚餐。當時祖母雖然還很健康，不過也需要工作。」

「祖母的照護飲食也都是他在做。」

聖將的視線停留在題庫上，開口插話。

「你根本就是出木杉④同學吧。」

我感到非常地佩服。

聖將解完問題後，收拾好參考書、擦了桌子。不做些什麼的話似乎有點

註④：哆啦A夢裡的角色名稱。

歹勢，於是我幫忙盛盤和擺盤。菜色有餃子、叉燒肉和蛋花湯。

餃子和叉燒肉的味道都媲美專業大廚。餃子的話我還勉強做得出來，但叉燒肉既柔軟、調味也絕佳。

「在家裡很難做出叉燒肉呢。有機會也教我做法吧。」

莉緒也吃得津津有味。

「話說回來我還是第一次吃到雄哉做的料理呢。真的很美味的說。」

「我隨時都可以再做。對了，如果聖將有好好讀書的話，我就做宵夜過來如何。」

真是個親切的孩子啊。我繼續喝酒。

一下子就吃個精光，現在是甜點的杏仁豆腐。

「話說回來不是有收到中國茶的伴手禮嗎？趁這個機會拿出來喝吧。」

約莫兩個星期前收到出差的伴手禮，但我忘得一乾二淨。我把放在沙發上的包包裡的東西全倒了出來。夾雜在文件堆裡，買了未開封的寶特瓶茶飲和零食、便利商店的免洗筷子、白包等散落開來。

「呃，老爸，你的包包，也整理一下吧。」

傻眼的聖將幫我把文件和雜物分開。

「嘿嘿，歹勢。啊，普洱茶找到了。」

找到了裝有茶葉的罐子後，「真是受不了你。」莉緒傻眼地拿在手上，往廚房走去。

「啊。」

檔案夾裡的一疊文件，隨著蹣跚的步伐，掉落在地板上。

「是不是有點喝多了。」

雄哉笑著，拾起並整理散落一地的文件。

「奇怪，這個是……」

雄哉拾起的是今天在公司做剩下的貼紙。

「啊！那個啊，是我做的說。你們知道彩虹是代表 LGBT 吧。把這個貼在公司的廁所和更衣室，意味無論任何人都可以使用。」

「是喔……」

聖將和雄哉，不知什麼原因，一直盯著貼紙看。

「目前正在向顧問學習各種相關知識當中。對了，你們知道彩虹的顏色所代表的意義嗎？」

「不，不知道。」

「被這麼一問還真的不知道呢。」

兩個人同時搖頭。

「紅色是生命，橙色是治癒，黃色是陽光，綠色是自然，靛青色是和諧與寧靜，紫羅蘭色代表精神。再補充個小學問，其實不是七種顏色，而是六種，不過我也是現學現賣而已啦。」

「……顏色裡原來蘊藏著這樣的涵義啊。」

雄哉用奇妙的表情點著頭。

「不過要我說的話，彩虹是無敵的顏色的啦。」
「無敵？為什麼？」
聖將歪著頭。
「高中的時候常去玩柏青嫂，如果畫面的背景變成彩虹色，角色穿著彩虹色的衣服，反正只要有彩虹的出現，基本上都會贏錢的啦。」
「無敵的顏色嗎……不錯耶。」
「嗯，真的很好。」
高中生玩什麼柏青嫂啦，本來我期待著這類的吐槽，不過兩個人卻都深受感動似的點著頭。
「當時我笨得被人牽著鼻子走。總之，聖將絕對不可以去玩賭博機台吶。」
雖然有些掃興，不過還是要先警告一下。
「茶泡好了喔！」

莉緒端來了普洱茶和杏仁豆腐。擺放在茶几上，坐在沙發裡享用。

杏仁豆腐沒有廉價罐頭的味道，而是瀰漫著杏仁香氣，非常道地的口味。

「有夠好吃的啦。好久沒有吃到味道如此濃郁的杏仁豆腐了說。」

我很愛杏仁豆腐。見我開心地吃著。

「下次我再做來。」

雄哉說。

「欸！該不會，這個也是你親手做的？」

「只是把粉和一和，其實還滿簡單的。」

「這已經很厲害了。你根本就是出木杉同學本人吧。長得帥、頭腦好、會彈貝斯，連料理都如此完美。說說看，你的女朋友是怎樣的人？能夠交到像你這樣的男朋友，應該也是個不簡單的人吧。」

「嗯……」

雄哉有些難為情地微笑。

「啊！是不是現場表演的時候，那個短頭髮的女孩子？那個像模特兒一樣的美女。」

「……是有交往過，不過分手了。」

我真是大白痴。這下好了，踩到超級大地雷了吧。

「真是的，老公你喝太多了。不可以這樣追問別人的隱私。」

「對對對，真是抱歉。對了，小聖，你可以把瑠音的朋友介紹給他認識啊。」

以充滿著酒精的大腦來說，我自覺這個主意還不錯。

瑠音呢，是個和聖將交往實在太浪費的女朋友。光是身在那裡四周就會變得明亮、如同花束一樣的女孩子。「爸爸也請收下。」甚至在情人節的時候送我親手做的巧克力。以前是小混混的我，從來沒有收到過來自高中女生的巧克力。所以好像重新青春了一次似的，一把年紀了還感激到快要落淚。

瑠音就是連對這種歐吉桑都能展現體貼的超能女友。

「雄哉，你有見過瑠音嗎？」
「沒有。」
「是個總是面帶笑容、十分可愛的孩子，讓我回想起年輕時的莉緒。以前呢，都會說這種女孩子是『最想娶做老婆』的。如果是瑠音的朋友的話，應該也不會太差的啦。對吧，聖將？」
「我和瑠音……已經分手了。」
我倒吸了一口氣。居然和瑠音分手了。因為我很喜歡瑠音，所以對我來說也是相當大的打擊。不過由於聖將的表情十分沉重，我也不便再說什麼了。一定是被甩了。
「這樣啊。那就沒辦法介紹了啊……」
實在太尷尬了，正當我東張西望的時候，雄哉輕輕地開口。
「介紹什麼的，其實不用。我有十分喜歡的人了。」
「是喔，是怎樣的人？」

「世界上最棒的人。很溫柔、很坦率，還有被非常棒的父母親教養著喔。」

「這樣啊……你是這麼認為的啊。」

不知是否被感動，莉緒的聲音有些顫抖。

「嗯嗯，雙親有好好地教育，這一點是非常重要的說。」

「所以我也想好好地珍惜那個人。而且我也很感謝他的雙親，把他養育成這麼棒的人。話是這麼說，未來是否能夠和這個人順利地走下去，我也不知道就是了。」

從他認真的口吻和表情，可以感受到雄哉是打從心裡想著對方。啊！真好，這就是青春啊。令人打從心底感動的熱情。連我這個毫無關聯的歐吉桑，都要被惹哭了。

「沒問題的。像雄哉這樣的男孩子，絕對可以兩情相悅，對方的雙親也會喜歡你的。我替你掛保證。聖將，你也要找到一個能讓你如此認真地心動的女生才行吶。」

吶，我看向聖將。當然，說得也是！我原本以為他會理直氣壯地這樣回答。沒想到，

「……嗯。」

不知道為什麼，聖將只是低著頭，用快要消失似的微弱聲音說。

「不好意思打擾到這麼晚。」

走出了家門，雄哉果然還是很有禮貌地行禮。優閒地享受甜點之中，時間已來到了晚上十點。

「路上小心。隨時歡迎你再來玩。」

正當我一邊關上門一邊感慨的時候，「真的，真是個好孩子呢。」莉緒一邊這麼說一邊走進屋裡。

啊！還真的有點喝多了，我一邊反省一邊伸展身體，脖子繞圈。視線

的前方，我看見好像有個東西從郵箱裡跑了出來。說到這個，今天回家的時候，忘記拿郵箱裡的信了。

有個純白的信封，夾雜在傳單和DM裡。沒有收件人、也沒有寫寄件人的名字。看起來像是某個人直接放進郵箱裡的。咳，我帶著訝異打開了信封。

你的兒子，和藤本雄哉是一對戀人

GAY 同性戀 骯髒

月光下，白色的信紙上，浮現了用尺畫線再寫上的文字。

我的酒一瞬間醒了。

什麼？

是不是搞錯了什麼，我再次仔細地看。

你的兒子，和藤本雄哉是一對戀人

GAY 同性戀 骯髒

不管看幾次，上面就是這麼寫的。

「這什麼東西啊。」

平常我會一笑置之。可是我背脊發涼、膝蓋開始發抖。心臟加速，緊握信紙的雙手狂冒汗。

「你在做什麼？會被蚊子叮喔。」

我聽著背後傳來莉緒的呼喚，飛奔出了家門。

不會吧！不會吧！不會吧！不會吧！

不可能會這樣。

這種事情，怎麼有可能。

不可以是這樣。

我跑著、跑著、跑著。

打算穿過公園，腳才剛踏進去我瞬間凍結在原地。

溜滑梯旁，聖將和雄哉正緊緊相擁，親吻著彼此。

■第五章

雄哉

息子のボーイフレンド

八月過後明明一直是晴天，那天的風很大，天空中覆蓋著如同吸飽水分的脫脂綿一樣的雲層。心想應該會下雨，果不其然，才剛看見大學的正門，便一口氣下起了大雨。雖然撐著雨傘跑過校園，但雨大到連雨傘根本派不上用場，到圖書館的時候幾乎全濕了。

從背包裡拿出毛巾草草地擦了一下脖子和手臂，用學生證感應像是票閘的機器。嗶的電子聲音響起，閘門打開，走進安靜的館內。

「辛苦了。」

向聯合服務台的執勤員工打招呼，進入內側，再走到位於更裡面的員工室。擺好物品、穿上帆布製的圍裙，用出勤卡打卡。

原先想找CP值高的家教打工，但由於照護的行程不固定而放棄。找來找去，最終成為了大學圖書館員工。時薪雖然不高，不過排班可以配合小組討論和考試的預定去調整，利用課與課之間的空檔打工也滿有效率的。

拉著歸還書籍的推車走了出去，把書放回定位。由於正值暑假期間，而且還是盂蘭盆節假期前的週五，使用者寥寥可數。隔音完善的館內雖然十分平靜，不過雨水拍打著窗戶、樹木嘈雜。明明剛過中午，卻天色昏暗，眺望著天空的時候忽然閃過一道光。

是不是有颱風要來。

歸還書籍的數量很少，工作很快就結束了，由於滿閒的，決定來進行書籍的修復。從放置汙損書籍的書架上拿了幾本，放在服務台裡的作業台上。把快要脫落的書封用膠水黏好，把破掉的內頁用不會變色的特殊膠帶貼好，與此同時，可能也是太閒了，文學部的女生手裡抱著準備修復的書籍走了過來。

「藤本君，辛苦了。今天也是空空蕩蕩的呢。明天就是盂蘭盆節了，我想外地的那些人應該都已經回老家去了吧。」

「更不用說這場大雨了。」

「就是說啊。這種日子有排班真 LUCKY。」

「不過有點擔心回家的電車。」

「啊！說得也是。我也一樣慘。上次電車還停駛的說。」

雖然只有一次，之前曾由於電車停駛而無法回家。幸好那天是老爸在家裡，不然的話祖母就得孤單一人了。

「那個時候，藤本君是在社團的活動室裡過夜對吧？最糟的情況就是今天也在那裡過夜吧。」

樂團的社團活動室位於學生會館，裡面有張大沙發，還滿舒適的。有時錯過末班電車的話，大家會留宿在那裡，一起喝到早上。

「啊！……不過我已經退出社團了。」

我一邊用橡皮筋固定以膠水重新貼好的書封一邊說，那個女生「欸！」

地叫了一聲。

「所以連樂團也不玩了嗎？」

「可以這麼說吧。」

平時的話，在圖書館的打工之後，會到社團活動室露個臉。那裡即便是暑假期間也一定有人在，東南西北地聊天，喝酒或是將吉他和貝斯接上迷你放大器來場即興演奏，真的很開心。可是，已經再也無法這麼做了。

不經意地看向窗外。此時，雷光閃爍，巨大的聲響讓窗戶玻璃震動。

「我們，要不要復合？」

美彌子將吉他導線纏繞成八字型的同時說著。那是上個星期的現場演出結束後，在舞台上收拾設備的時候。

我還以為我聽錯了。

回過神來，現場已經沒有任何人了。所有人都去了慶功宴的會場嗎？

不，反而是刻意這麼做的吧。

和美彌子分手已經兩個多月了。分手的話，無論本人或是周圍的人都會覺得尷尬，這是社團內戀愛的難處，不過美彌子表現地十分爽朗，即便我在場她也依然輕鬆應對、開朗地笑著。美彌子既漂亮，又受歡迎。所以我一直以為她早已放下我了。

「我知道的。雄哉你……對於我和後藤君的事有些誤會對吧？」

後藤是新入學的鼓手，剛從鄉下來的他雖然安靜，不過只要一拿起鼓棒、打起鼓來可說十分熱情。這樣的反差很好玩，因此我也很欣賞他。確實美彌子對於不諳東京的後藤表現著某種程度的關心，不過我可是一點也沒有誤會。

「完全不會。沒這回事。」

「你不用故作大方。對不起，因為我也是從鄉下來的嘛，所以無法放著他不管。是因為我和他兩個人單獨去吃了幾次飯，所以你才生氣的對吧？」

雖然我好像聽過類似的話，不過卻沒有任何感覺。見我沉默不語，美彌子雙手合十。

「沒有下次了。其實後藤君向我告白了。可能我也讓他誤會了吧。真是的，我真是個笨蛋。真的對不起。」

美彌子鬆開合十的雙手，順勢抱住了我的腰。

「我已經反省了。所以，復合好嗎？」

美彌子撒嬌似的往上看著我。

我曾經非常喜歡美彌子。音樂的喜好相同，會彈吉他和貝斯，也會打鼓。聲音好聽也很會唱歌。工作的志願是大眾傳播，有著製作新聞節目這樣明確的願景，這一點也很打動我。不過，無論如何我都刻劃不出與美彌子的未來。

過往的戀愛也都有著相同的感覺。被追求，不知何故開始交往、上床，不知不覺分手。從未感受過朝思暮想的愛意，或是無法相見時的寂寞。覺得對誰都無法認真的自己十分薄情，偶爾甚至不自覺地陷入自我厭惡。

不過，這一切在遇見聖將之後，有了巨大的改變。看著他的眼睛的那一瞬間，目光便被吸引而無法移開，呼吸急促、有種強烈的想要進一步了解、想要在一起的念頭。我也不知道自己為什麼會這樣。單純地超越了邏輯、理性、常識等次元。

聽到他不能來慶功宴的時候覺得失落，他來花火大會的時候開心得要飛上天。然後對於自己的這種情感覺得困惑及害怕。喂喂，對方可是個高中男生啊。

「我是愛著美彌子的。」雖然我這樣告訴自己，花火大會那天我仍然坐立難安。和美彌子穿著浴衣，與社團的朋友們在河畔喝著酒，但是只要一想到聖將就快要來了，我的心思完全無法集中在對話上。接到聖將打來說找不到地方的電話時，「我去接他。」我急忙地站了起來。

我擠過人海到了橋上時，看見聖將露出無助的表情站在那裡。想要緊緊抱住他的想法湧上心頭，我拚命克制住那種念頭。變態嗎我。

「嘿！你來啦。高中生。」

我一開口，他便以充滿依賴的眼神看著我。別用那種眼神看我。

「……簡直就是少女漫畫裡的人物嘛。」

別露出那種笑容。

「在花火大會穿浴衣啊。我幾乎沒有見過會這樣穿的男生。」

別用那種聲音對我說話。

其實那個時候，從見面的地方到社團喝酒的地方不太遠。但我刻意繞了遠路。就算只有一點點，兩個人獨處的時間越長越好。於是在路邊攤買了彈珠汽水。因為想要多待久一點。

突然間花火升空，兩個人急忙地抬頭望向天空。悄悄地偷看了聖將，在夜空的背景之下，浮現著令人屏息的美麗側臉。

砰砰砰的聲音，彷彿我的心跳似的激烈地跳動。天啊，已經完完全全地愛上了，我微醺的大腦放棄了抵抗。

聖將說了些什麼。被花火的聲音和擴音器傳來的音樂干擾而聽不到，「你說什麼？」我趁亂貼近他的臉。這樣一來心裡更加小鹿亂撞了。「好壯觀喔。」我笑著帶過。

然後又仰望天空半晌。彼此的手，在往前伸就能觸碰到的位置。雖然很想握住他的手，不過冷靜想想，這樣會直接被判出局吧。

要不要以開玩笑的方式摟個肩膀呢。

因為都是男生，應該是可以接受的吧，於是我鼓起勇氣往旁邊看。

聖將不在那裡。

那天之後，無論是在家裡、進行樂團的練習或是和美彌子在一起，我的心裡一直只想著聖將。

因為實在太痛苦、不知如何是好，於是決定在烤肉的時候，藉著酒精的力量，當面表達這份情感。誠實地傾吐一切的話，絕對會被對方認為很噁心。如此一來，即便是我也能夠死心吧。

然而——奇蹟似的，聖將也喜歡著我。於是隔天我老實地告訴美彌子「我有了喜歡的人。我想和妳分手。」美彌子玩著大大的星形耳環，同時「是喔，好喔。」爽快地點頭同意。明明是這樣子的。

「我說，我們復合嘛。」

美彌子窺探著我的表情。

「對不起，我做不到。」

「為什麼？後藤君的事情真的讓你這麼氣嗎？」

「……我有正在交往的人了。」

「欸？」

美彌子漂亮的眼睛瞪得大大的。

「騙人的吧？」

「是真的。」

「可是我怎麼沒聽說過。」

「因為有了喜歡的人，所以才分手，那個時候我不是說過了嗎？」

「是那樣沒錯，但我以為你只是故意想要氣我。」

美彌子眼眶含淚。

「所以，之後你和那個人進展得很順利是嗎？」

「嗯。」

美彌子用力地抱緊我。

「不可以。我不准你走。」

「美彌子……」

「對方是誰？比我更漂亮嗎？」

「所以，我就說了……」

「我不死心。絕對不把雄哉讓給別人。」

「喂。」

我試圖拉開美彌子纏在我身上的手。沒想到她反而抱得更用力了。

「雄哉一定要回到我身邊喔。我會一直一直一直等下去的。」

美彌子說要等我，是因為覺得還有一點點希望。為了不讓她抱持著無謂的期待，或許說清楚會比較好。

「就算妳願意等我也沒用的。我跟妳說，我。」

有一瞬間，我想如果是美彌子的話應該可以理解。像是要說出「然後呢？」似的、「是喔。」美彌子用一貫爽朗的表情說。

「我想我喜歡男生。」

美彌子依舊緊緊地抱著、抬頭看著我。眼神帶著哀傷。

「這種謊話你也說得出口，你就這麼不想復合？」

「不是妳想的這樣。」

「再說了，這種話對於真的 GAY 來說是很不尊重的。」

完全不相信的樣子。

「其實我正在交往的對象……是聖將君。」

短暫的沉默。

「……欸？那個高中生？」

「對。」

「他是男的耶。」

「所以我才這麼說啊。」

美彌子愣了好一陣子，然後啪地從我身上跳開。血從鎖骨往上衝，臉一瞬間漲紅。

「給我等一下。所以你真的是GAY？」

「對不起。我自己也不是很清楚。不過」

「今天，他全家一起來看現場表演了對吧。該不會是正式認可？」

「不，不是的。」

「你有想過我的立場嗎?社團裡的所有人,都以為我們的分手只是互相逞強罷了。反正結果一定是重修舊好,大家都是這麼想的。」

「這樣的話,由我來跟大家說清楚。」

「開什麼玩笑!」

一陣風拂過我眼前。美彌子的手掌,狠狠地打在我在臉頰上。

「你是GAY的事情,絕對不可以跟任何人說。要是你這麼做的話,我不就更悲慘了嗎?」

「為什麼?」

「為什麼!你是認真在問嗎?如此一來,我一定會被認為只是個被當作煙霧彈而交往,是個既可憐又沒常識的女人,這還用說嗎?」

「不是什麼煙霧彈。我對美彌子是真的。」

「已經不重要了!」

美彌子再次打了我的臉頰。眼淚不斷地從美彌子大大的眼睛滴落。

「你是不是曾經真的喜歡過我，已經完全不重要了！我的重點是，我不想被別人這樣子看待！」

「妳不能連我過往的情感都予以否定。」

「你沒有在意這種事情的資格。不要擅自出櫃好嗎。或許你覺得這樣比較輕鬆，也或許大家都能理解，但請你站在我的立場想一想！你就從此這樣過著虛偽的人生吧！」

「妳等一下！」

「絕對不准說出去喔。你和男生在一起的樣子，也絕對不可以讓這間大學的人看見。事情要是曝光的話，完蛋的不會是你，而是我。

出櫃什麼的真的很自以為是。只是希望自己的存在被認可吧。被耍得團團轉的，不是你自己，而是周遭的人不是嗎？」

「美彌子。」

我伸出的手被撥開。

「別碰我！一想到曾經和你這種人親吻和上床就覺得噁心！我要吐了！你會對男的產生情慾真令人作嘔！你給我滾出去！再也不要出現在我們的面前！你給我消失！」

美彌子嚎啕大哭，同時舉起我的貝斯往地板砸。

「對不起……真的很抱歉。」

我再道歉了最後一次，撿起貝斯離開了 LIVE HOUSE。

在那之後，我就沒見過美彌子了。只要想到那時美彌子哭泣的表情，我的心就像鉛塊一樣沉重且悲痛。

只要是戀愛，一段關係的結束也是無可奈何的事。不過，我的確讓美彌子的心，承受了比變心或出軌更痛的傷。

被耍得團團轉的，不是你自己，而是周遭的人。這句話一直深深地刺在我心裡。

傍晚，結束打工走出圖書館時，天空灰暗，雨還是一直下著。

趁著風勢稍微減弱的時候趕往車站，途中口袋裡的手機震動了。

是聖將嗎？

我站在速食店的屋檐下，打開手機看。

聖將的父親傳來了短信。

邀請他們來看現場表演的時候，禮貌性地交換了手機號碼。不過當然，一次也沒有聯繫過。

我困惑地被叫去星巴克，可能是由於大雨，店裡罕見地冷清。聖將的父親坐在靠裡面的沙發席。聖將的父親臉色很差，領帶凌亂地鬆開，十分憔悴的樣子，從遠處便一目瞭然。我趕緊買了杯咖啡，往座位走去。

「不好意思讓你久等了。上次在府上打擾到那麼晚，真的很謝謝你們的招待。」

聖將的父親緩緩地抬起頭，一句話也沒說，沉默地用手示意我坐到他面前。和平時開朗、健談的模樣完全不同。

這是怎麼一回事。

突然覺得不安。短信裡面寫道，不要把見面的事情告訴聖將。難道說！

「我拜託你。和他分手吧。」

聖將的父親把雙手放在桌上，低下了頭。

我的腦子一片空白。

為什麼？

為什麼被發現了呢？

在聖將的父親面前，我一直都表現得很小心的啊。是不是聖將對他坦承了。不對，如果是這樣聖將應該會告知我吧。

那麼到底是？

正當我頭腦混亂，聖將的父親抬起頭，快速地從桌上推過來一個白色信封。沒有地址，也沒有收件人。我打開被摺起來的信紙，大吃一驚。

你的兒子，和藤本雄哉是一對戀人

GAY 同性戀 骯髒

啊啊。

我一下子懂了。

是美彌子幹的。

或許她跟蹤了我也說不定。

我沒有憤怒。只覺得抱歉。美彌子不是個會耍如此醜陋的小手段的女生。她高貴、品格高尚、聰明、美麗。可是，卻因為我而變成這個樣子。

「你很優秀、吃過不少苦、禮儀端正，說真的，我認為你是最近少有的好青年。不過，我絕對無法認同你和我兒子之間的關係。」

聲音和拿著咖啡紙杯的手都在顫抖著。

「聖將，他才十七歲，根本什麼都不懂。只是把崇拜和戀愛搞混了。就連我也曾經崇拜過同性前輩和朋友，任誰都有過這樣的經驗。所以我想只要你離開，他應該就清醒了。」

話說到這裡，聖將的父親喝了口咖啡。他的眼睛凹陷、布滿血絲，臉上的鬍子也沒刮。假設這封信是跟蹤我而放到郵箱裡的話，那麼應該是現場演出的兩天後，我去杉山家拜訪的時候吧。在那之後過了四天。所以一定是直到今天為止，好幾天都煩惱到睡不著覺，最後才下定決心和我聯絡的。

「這個世界上，有無論如何注定不會開花結果的戀愛對吧？不管多麼喜歡，也無能為力的關係，在男女之間也存在著。更不用說雙方都是男生。」

聖將的父親像是在挑選字眼似的，再度陷入了沉默。雨的聲音、以及店內播放的柔和爵士，掩蓋了沉默。

「被人在背後指指點點地活著，對於父母親而言，實在不忍心看到孩子如此可憐。只有得到周遭的人的祝福，才能構築出幸福的關係。無論是你、或是我兒子，要得到幸福的機會多的是。沒有必要特地選擇一條辛苦的路吧？」

我想或許是一切進展得太過順利了。

迷惘卻試圖接受我們的母親，令人安心的知己優美阿姨，雖然是由於不知道我們真正的關係和父親卻也可以感情好地喝酒。

因此，才會一瞬間抱持了這樣下去說不定行得通的幻想，這種事明明就不可能。

「不要太天真了。雖然現在比過去開放，或許偏見也的確變少了。不過再怎麼說也不過只是表面上。歧視和偏見，非常地頑強、根深柢固。光只有愛，什麼也辦不到。」

美彌子。

聖將的父親。

聖將的母親。

以及聖將本人。

我讓所有人變得不幸福。

「我發自內心覺得你是個好孩子。所以也讓你來家裡，讓你和聖將變得要好。可是說實在的……現在我有種被背叛的感覺。」

這句話狠狠地刺在我的心上。

不是為了讓人不幸福而去戀愛的。想讓人幸福、想得到幸福。明明只是這樣而已。

想要在一起。這樣的心願，居然也是一種罪。

「我沒有批判你是同性戀的這件事情喔。我也希望你可以找到你的幸福。只不過那個對象，不要是我的兒子。」

聖將的父親看著我的眼睛，斬釘截鐵地說。

「未來聖將正常地喜歡上女性，與其交往，然後結婚的可能性也不是沒有。請不要將那種機會從我兒子身上奪走。如果你願意與他分手的話，事情就簡單多了對吧。

如果你真的愛我兒子，希望你優先考慮他的幸福。算我求你了。」

又一次，聖將的父親把雙手放在桌上，深深地低下了頭。

哎，這裡也一樣。

這裡也有因為我的錯，必須做出不是出自自己本意的行為的人。

尼崎和大阪被人搞混時會感到不甘心的「阿稻」、說著混雜著各種方言的語言的「阿稻」、莉緒東莉緒西，現在也一心迷戀著妻子的「阿稻」、聽著歌曲〈老橡樹上的黃絲帶〉、看著電影會眼眶泛淚的「阿稻」、過往曾是狠角色小混混的「阿稻」，這樣的父親，現在竟為了我而如此低下了頭。

他原本是個性格善良、自由主義的人。因此對於這樣的我，一定感到相當大的矛盾和痛苦。我竟然讓這麼好的人懷抱著罪惡感、內心感到糾結。

要是我沒有出現的話，這家人本來可以和平地生活著，是我打亂了一切，讓他們變得不再幸福。

要是我沒有愛上他的話。

我是個瘟神。

「……讓我想一想。」

好不容易擠出了聲音，聖將的父親彷彿彈起來似的抬起了頭。

「我無法馬上給出答案。」

聖將的父親用充血的眼睛看著我。

我想這個人，應該是目前這個世界上最恨我的人了吧。

瞪著彼此半晌後，他用雙手遮住臉、垂下了頭。

再也受不了的我，只說了一句「先告辭了。」便跑出了星巴克。

屋齡三十年，沒有電梯的三層樓公寓。老式簡易修建的兩房兩廳裡，住著我和父親和祖母三個人。

雖說是兩房，其中一間與餐廳相連的和室，是臥病在床的祖母的房間。

因此客廳裡的沙發便是我的床，筆記型電腦擺在餐桌上，作為書桌使用。

「奶奶是個美人呢。」

窺視著祖母的臉，聖將說。這是他第一次來我家。

「有嗎？」

「嗯。長得和雄哉很像。」

「我是不覺得啦。」

躺在床上的祖母，笑咪咪地看著聖將。自從祖母臥床，她便不再認得我和父親了。想必她應該無法理解聖將是誰，不過她就是個一看到人便會展現和藹可親的樣子，有著可愛性格的奶奶。

據說母親生下我不久便過世了，打從我有記憶以來，便與祖母和父親生活著。父親是觀光巴士的司機，總是長時間不在家裡。因此幾乎可以說是祖母把我養大的。

祖母是個傳統的人，雖然管教很嚴格，不過只要遵守吩咐，就算是和朋友玩，或是一直打電動，也不會挨罵。我最喜歡那樣的祖母了。

因此在我剛上大學，祖母跌斷了腰部的骨頭，必須臥床的時候，我主動提議和父親輪流照顧。這並不是因為我覺得居家照護是種美德。原因是由於附近沒有可以入住的設施，剛好遇見了不錯的居家服務員以及我不希望見不到祖母。

照護比想像中還要辛苦。即便如此，之所以我可以一邊去大學一邊撐到現在，不知要說幸還是不幸，是由於祖母無法走路。要是可以走路的話便會四處遊蕩，一刻也不能離開她的身邊，聽說還會在家裡四處上廁所的樣子。老當益壯的祖母變成臥床狀態，當然不免覺得寂寞，看著認知能力和肌肉日漸喪失、各種身體機能持續衰退的祖母，令人感到難過。不過我總是換個角度想，至少不用擔心祖母某天會突然不知道跑到哪裡去。

父親班很多的時候，連續好幾天不在家。相對地，也可以一次休好幾天待在家裡。那種時候我可以隨心所欲地出去，當然父親不在的時候我就必須一直在家才行。這次為了趁著盂蘭盆節連續假期賺錢，父親排了整整一個禮拜的班。當我告訴聖將可能暫時無法見面的時候，「這樣的話就去雄哉家過節啊。話說我也想見見雄哉的奶奶。」聖將主動提議。

今天是被聖將的父親找出去後，過了個週末的禮拜一。從聖將一如往常的訊息和電話看來，聖將的父親應該什麼都沒有告訴他。我想聖將作夢也想不到，這段關係已經被父親發現了吧。

雖然我說讓我想一想，但怎麼可能會有答案呢。當然，聖將的父親希望由我提出分手。可是我不想分手。讓我想一想，我會這麼說，不過是想用體面的話爭取些時間罷了。

當然，我也知道這樣下去不好。可是我已經不知道該怎麼做才好了。

「啊，這個是雄哉的父親嗎？」

祖母床邊的架子上，擺著一個相框。穿著和服的祖母、西裝筆挺的父親，以及一身制服的我。那是在高中的校門口拍的，畢業典禮的照片。

「霹靂無敵像的！這個時候，雄哉的父親多大？」

「欸！是幾歲呢……五十歲左右吧。」

「這樣啊。那麼雄哉到了五十歲的話就差不多是這種感覺。太好了，還是很帥。」

聖將天真無邪的話，讓我的心揪了一下。五十歲。三十年後。兩個人可以一起走到那個時候，聖將是如此相信著的啊。

「這張照片裡的奶奶，果然也很漂亮呢。已經快要九十歲了對吧？看不出來呢。」

今年九十一歲的祖母，據說年輕的時候是個大美女。像是用雕刻刀雕出來似的深邃的雙眼皮、高挺的鼻樑。據說曾經有過為了爭奪祖母的決鬥，我認為並非老人家在吹噓。

可是如今，祖母只是個大小便失禁、皺巴巴的老女人。令人情不自禁想要擁抱的美女、如同歌舞伎演員一般的真男人，總有一天都會變成這樣。變老、衰弱、枯竭、死去。

只有二十歲，在他人眼中只有年輕的我，或許是由於進行照護的緣故，對於生老病死有切身的體會。我也知道它的可怕。搞不好我的體會比大部分四十歲或五十歲的人更深切也說不定。

總有一天，眼前閃閃發光、十七歲的聖將也會逐漸地老去，我冷靜地思考著。毛孔變得粗大、臉和身上出現深深的皺紋、皮膚四處長滿像是髒汙的斑點。曾經是少年的模樣消失得無影無蹤，只留下醜陋的老態。

即便如此。

即便如此，也想要一起走到那個時候。

一起面對變老的殘酷與醜陋，在此覺悟之下，我衷心地祈願。

但是，只因為我有了覺悟，便犧牲聖將的家人和未來，這樣好嗎？

啊啊，為什麼聖將或是我，其中一個不是女的呢。如此一來，不就什麼問題也沒有了。

如此一來就可以正常地交往。聖將的父親，也會像歡迎瑠音一樣地歡迎我吧。也不會說什麼要我分手了吧。

不甘心。

一定會讓你幸福，無法如此斷言讓我感到不甘心。因為不管我如何覺悟，我的存在本身便會替聖將帶來不幸。

我站在廚房煮粥的時候，聖將在和室與廚房間來來回回。

「怎麼了?你去和奶奶看電視就好啊。」

「哎喲，總覺得，看著雄哉做料理很好玩。」

「為什麼?」

「是為什麼呢。我也不知道。不過就是有種溫暖的感覺。」

因為祖母喜歡醃梅子，我去掉籽、用菜刀仔細地切下纖維再拍碎，此時聖將從背後用兩隻手環抱著我。

「啊，好幸福。」

「……這樣嗎?」

「我也來跟老媽學習料理好了。這樣一起住的時候，就可以輪流做料理了。」

心神不寧的我切到了手指。

「痛痛痛。」

「天啊，還好嗎？」

我在手足無措的聖將身旁用水沖洗流血的手指，把梅肉用小研缽搗碎。

「我來吧。」

聖將在流理台洗乾淨雙手後，仔細地搗碎梅肉。

「買現成的梅肉泥不就好了。」

「因為不曉得裡面混了什麼其他的東西。用自己做的醃梅子就不用擔心了。」

「雄哉，你連醃梅子都會做喔？」

「從奶奶那裡學來的。而且其實很簡單喔。」

「也太厲害了吧。套句老爸的話，你真的是出木杉同學呢。」

我的心被刺了一下。

「完成了。把這個加到粥裡面就行了對吧？」

把梅肉一點一點放進黏糊糊的粥裡，輕輕地攪拌。謹慎地像是在進行理科實驗似的。

「這樣OK了嗎？可以的話，讓我來餵看看好嗎？」

「不行。必須等它變涼。」

「啊！對吼。」

「趁這個空檔，我先來換尿布。」

雄哉移動到和室，從抽屜裡取出了照護用的尿布和濕紙巾。

「我來幫忙。」

「尿布耶，還是先不要吧。」

「沒問題。」

「不，不行。你先到餐桌那裡去。」

「可是——」

「再怎麼說也是女士啊。」

「啊……也對。」

聖將聽話地往餐桌走去，坐了下來。我關上紙門，掀開祖母的毛毯，解開前開式睡袍的扣子。確認一下尿布，沒有大小便。抬起如同枯木的雙腳，仔細地擦拭臀部，然後擦乾換上新的尿布。

為了防止褥瘡產生，稍微移動一下身體的位置，細心的按摩手腳讓血液循環變好。祖母彷彿很舒服似的閉上了眼睛。

「好了嗎？」

紙門對面傳來了聲音。

「嗯。」

聽到我的回應，聖將拿著粥和湯匙進來。我按下電動床的按鈕，讓靠背立起來。

「可以讓我餵嗎?我會非常小心的。」

「好,麻煩你了。」

聖將坐在祖母身旁,一點一點地把粥送進祖母口中。看祖母的心情,有時候祖母會不肯吃,不過今天吃得津津有味。祖母如今已無法步行,至少不要讓吞嚥的機能衰退,父親和我都拚命地努力著。

聖將很有耐心,一點點、一點點地餵著。即便中途祖母吐了出來,聖將也會幫她把嘴巴擦乾淨,堅持不懈地餵到最後一口。

「謝謝你啊。奶奶也很高興喔。」

我把空碗拿去流理台放。聖將也跟了過來。

「只要你願意的話,我可以隨時過來幫忙。」

「我說你這個高中生,明年可是要考試的。不是做這種事情的時候吧。」

我打開水,清洗碗和料理器具。

「不過雄哉也很辛苦，我想要幫你的忙。而且，這樣見面的時間也會增加。」

「你看到的只是照護的一小部分而已。平常要比這個悽慘多了。」

「你可以全部都教我啊。這樣一來，奶奶也會慢慢認識我，說不定之後我也可以幫忙換尿布。如果是一家人的話，女士什麼的就無所謂了對吧。」

「照護又不是扮家家酒。不是只有你想做的時候才做這麼簡單。」

一不小心說得太過分了。

「我明白的。就算一點點也好，我只是想減輕雄哉的負擔。因為，今後我們一直在一起的話。」

我忍不住把碗往流理台敲了下去。美耐皿製的餐具，滾到了水流底下。

「太天真了。你根本沒有看清楚現實。」

「對不起……」

聖將膽怯地看著我。

「對不起……」

聖將膽怯地看著我。

「不……都是我不好。」

不忍直視咬著嘴唇的聖將，我不禁移開了視線。

沒有看清楚現實？

看不清楚現實的人不就是我嗎？

扮著家家酒的人是我。

這樣的關係怎麼可能長久。

從一開始就是個錯誤。喜歡上他、向他告白和他交往，全部全部都是個錯誤。

我沒有告白的話，我們必定不會交往。如果是這樣的話，只以自己的心情為優先，明明年長卻失去分寸的我，應該負起所有的責任才是。

無法對任何人說。無法向任何人介紹。不會得到任何人的祝福。喜歡你，想要在你身邊，光憑這樣的想法也無可奈何的難關比比皆是。

我要讓聖將去背負這樣的關係嗎？

對於我來說，世界上最重要的人？
總有一天會分手。那麼現在就分手也一樣不是嗎？
能在一起一天是一天，只不過是我的自私而已。
如果你真的愛我兒子，請你優先考慮他的幸福。
聖將父親的話，在我的腦子裡清晰地重現。
嗚、嗚，聽見了呻吟的聲音，我回過了神。奶奶，您還好嗎？聖將急忙跑過去。
「小聖。」
「嗯？」
聖將調整枕頭的高度、把毛毯重新蓋好。總覺得一瞬間、真的有那麼一瞬間，有種這樣的未來或許也是有可能的錯覺。
「我……和美彌子復合了。」
啊！這什麼鬼，真的是爛透了，不過一時之間我也只想得到這個。

「欸？」

聖將的表情變得僵硬。然而我刻意若無其事地繼續說。

「果然還是，該怎麼說呢，和美彌子在一起有種無違和的……」

聖將蹣跚地來到我面前。

「騙人的對吧？」

「通常不會說這種話來騙人吧。」

「為什麼？你不是為了我才跟美彌子分手的嗎？」

「啊！反正呢，就是這樣。」

我故意用不耐煩似的動作把頭髮往上撩。

「可能是有點一成不變了吧，我和美彌子。然後你出現，不知為何看上去有些新鮮吧。嗯。刺激？或許下意識地想要追求那樣的東西吧。不過，刺激果然漸漸地變得無趣。重新體認到還是和美彌子在一起最好。」

「我不要！」

「就算你說不要我也沒辦法。」
「我和雄哉會一直在一起，不是嗎？我們不是注定的嗎？」
我不自覺地想哭。但，我忍了下來。
「這很明顯不是注定吧？尤其是兩個男生。」
聖將瞪大著眼睛。緊握的拳頭顫抖著。
「可是……騙人的……」
微弱的聲音也顫抖著。
「我，要和美彌子結婚。」
不把說到這種地步的話不行，我心想。
「結婚？為什麼這麼突然。」
「美彌子懷孕了。」
我快要吐了。對美彌子也很失禮。我真是他媽的混蛋。
「怎麼會這樣……」

聖將咬著牙、淚滴從他的眼裡溢了出來。沿著臉頰，滴落在緊握的拳頭上。

倒不如。

倒不如揍我。

「我們根本就沒有什麼未來，打從一開始。」

我試著冷笑。當我這麼做時，切身體會到了確實打從一開始就沒有。我只是拚了命地去做一場、根本不可能存在的幻夢罷了。

「總之就是這樣，請你回去。」

「……今天，你原本就打算對我說這些嗎？」

「嗯。」

「為什麼？明明這我還是第一次來。」

「我想在奶奶面前的話，你也不會亂來才是。」

聖將用淚眼瞪著我。那個眼神，和前些日子聖將的父親的眼神一模一樣，果然是父子呢，我心想。

聖將不發一語地穿過和室，直接走出玄關。在暴風雨之中，他沒有撐傘便走下公寓樓梯，往馬路上跑去。

當聖將的背影消失在煙雨迷濛的街道之後，我用力地關上門。

明明不該是這樣的。

淚水止不住地奪眶而出。

回頭看著家裡，到處都是聖將留下的影子。

聖將站立的玄關、聖將喝咖啡的桌子、聖將坐著餵粥的沙發、搗碎梅肉的廚房，只要看見那些地方，我便痛苦得不知如何是好。

對於屈服於現實的自己，我不後悔、也沒有憎恨。因為我內心的某個地方清楚明白，這的確是最好的方式。

根本就沒有什麼未來，打從一開始。

這個傷痛，真的會有消失的一天嗎？

忘記聖將，能夠再次微笑的一天。

我攤在聖將坐過的沙發上掩面哭泣。祖母用一種不可思議的表情，凝望著這樣的我。

自唐突的分手，已經過了兩個禮拜以上。

盂蘭盆節連假在照顧祖母的日常中結束，一個颱風過去，又有一個新的颱風正在接近。八月接近尾聲。

與聖將完全沒有聯絡。封鎖了LINE和訊息，電話也設定了拒接。當然，通訊錄裡聖將的聯繫方式也全部刪除了。

無論如何想要去忘記，無意間還是會想起聖將。雖然每一次都會覺得全身像是要粉碎了一樣，不過，這樣也好的想法也漸漸地變得強烈。無法得到任何人祝福的關係，也是枉然。我也希望聖將可以過得幸福。希望他不是躲在陰暗處，而是走在陽光下。正因為愛著，才更是如此。

今天傍晚有到府沐浴，護士和居家服務員共三人，在大雨之中前來。護士確認了祖母的體溫和血壓後，取得了沐浴的許可。

在和室鋪上塑膠墊，在上面設置組合式的浴缸。放好熱水後，居家服務員幫忙把祖母抱進浴缸。

「奶奶，太好了。很舒服吧。」

在我洗頭髮的同時，居家服務員幫忙洗身體。平常總是土黃色的肌膚有了血色，緊皺的眉頭紋路也鬆開了。祖母很放鬆，看起來相當舒服的樣子。

沐浴結束後，居家服務員把水放掉、拆解浴缸，手腳俐落地把相關用品搬出去便離開了。熱水的香氣尚未由室內消散時，門鈴就響了。應該是忘了東西吧，我想都沒想就打開了門。

聖將站在我的面前。

「為什麼訊息和電話都不通呢。我一直在聯絡你的說。」

聖將開口便喋喋不休地說。

「美彌子懷孕了，要結婚什麼的，都是謊言吧？」

太過於突然，我一時不知該如何回答。

「不，是真的。」

我終於開了口。

「騙人。我去問過美彌子了。」

「欸？」

「前陣子，她在我家附近鬼鬼祟祟地徘徊。」

「美彌子她……？」

「她向我道歉了，關於那封信的事。」

本來以為她又去做了什麼事情，忍不住打了個寒顫，但並非如此。美彌子投遞了那封信，冷靜下來之後便後悔了，由於內心十分在意，於是又跑去觀察情況。

「這樣啊。」

「我不知道有這件事，所以嚇了一跳。我沒有收到信，問了老媽，沒想到老媽居然也說不知道。剩下的……就只有老爸了，不是嗎？」

假設美彌子把信放進郵箱，聖將的母親或聖將都有可能看到那封信。可是那封信偏偏到了聖將父親的手上，我不禁覺得從那個時候就決定了這一切的命運。

「我追問老爸……他才說看了信，也見過雄哉。」

居然連這個都講出來了。

「是被我老爸要求提出分手的對吧？」

「和你的父親沒有關係。本來就覺得應該要分手才對。」

「不要開玩笑了。這怎麼可能！」

隔壁鄰居像是剛從便利商店回來，一邊開門一邊偷瞄著。我請聖將進門，讓他坐到餐桌的位子上。

確認了祖母正在打鼾，我關上了紙門。

「我們兩個在一起，不會有任何好事的。」
我倒了麥茶、放在聖將和自己面前。
「蛤？」
「那我問你，你可以向學校的朋友說我的事嗎？」
聖將沉默。
「說不出口對吧？我也是一樣。我沒有打算向大學的朋友坦白和小聖之間的關係。兩年後出社會工作，到時候也一定只能保密吧？」
我把麥茶灌進渴到不行的口中。
「你選擇向你的母親出櫃，但我沒有打算告訴我的父親。即便祖母還很健康，我也一定不會說的。父親和祖母都是思想傳統的人，並不是無法接受同性戀，而是這兩個人的意識裡根本就不存在這種事情。」
聖將表情緊繃地聆聽著。
「只要和我在一起，聖將就必須活在陰影下。我希望你能談場正常的戀愛，過著正常的人生。這是我的真心話。」

「正常、正常。」

聖將用銳利的眼神看著我。

「對我來說，這就是正常！」

這句話，打動了我的心。

「有什麼關係，就算沒有任何人理解又如何。只要我們彼此，彼此是對方的支持者不就好了。除此之外，什麼也不需要啊。」

「小聖還年輕，因此才能說出這種話。」

「雄哉不也只有二十歲嗎？」

「不過。」

「而且，我們無法保證可以一直相愛下去。這一點無論任何戀人、夫妻都是一樣的。沒有人知道未來會是怎樣。是否能相愛一輩子，要到死去的那一刻才會知道結果吧？」

聖將努力地對我訴說。

「所以應該珍惜現在。沒有現在就沒有未來。兩個人一同努力，一天一天地去累積不就好了。現在，我愛著雄哉，雄哉也同樣愛著我。為什麼我們需要分手呢？」

聖將以純真的態度，正面地質問我。

這份專一真是耀眼。

讓人想要去相信。

前方或許真的有些什麼。

前方的路或許真的沒有盡頭。

「不過這樣會讓你的父親傷心。」

「就說了和那個沒有關係！剛才我也已經跟老爸說清楚了。」

他媽的。結果，還是因為我的緣故讓聖將的家庭瀕臨崩壞。我大大地嘆了一口氣。

「你父親怎麼說？」

「總之，他氣到一個不行。」

「我想也是。」

我閉上眼睛，揉著眼角。

「拜託你。再去和我老爸談一次。」

「這個嘛……」

「因為雄哉當時完全沒有反駁老爸對吧。雄哉似乎是理解了，老爸是這麼說的。」

聖將難過地說著。

「但我知道，那不是雄哉真正的心意。就這麼一次也好。和老爸直接攤牌吧。現在這個樣子，我無法完全死心。」

我深深地嘆了一口氣。

「就算攤牌……，無論如何還是行不通的。」

「那樣也沒關係。」

「怎麼可能沒關係。」

「反正，只要你願意這麼做，我就相信雄哉。即使暫時不能見面，我也會一直相信，並且等待。」

「暫時？」

「到考試結束為止。我不喜歡讀書，但我會努力。我會考上S大或是和S大一樣好的大學。到那個時候任何人都不准再說什麼了。」

聖將充滿信心地說完，安靜地等待我的回應。

「原來小聖是如此頑固的人啊。」

「你現在才知道？」

我們看著彼此，不經意地笑了。我認輸了。真是拿你沒辦法，我搖頭。

「什麼時候見你父親？」

「明天。中午左右帶他過來，老爸是這麼說的。」

「什麼嘛。都已經決定好了嘛。」

我仰望天花板。完全被聖將牽著鼻子走了。

「我，今天要睡在這裡。」

「蛤？」

「我不想和老爸待在同一個家裡。」

「雖然說離家出走是小聖的自由，不過千萬不要這麼做。印象只會更差而已。」

「欸。可是我已經乾脆地說今天不回去了耶。」

「明天一見面就會馬上被殺掉的。」

「嗯……那我去住阿哲家好了。」

「拜託你了。」

「明天，我會到這裡的車站來接你喔。」

聖將喝光麥茶後站了起來，在玄關穿上鞋子。

「明白了雄哉的心情，我很高興。光是這樣，我真的已經覺得很幸福了。再見，明天見囉！」

聖將親了我，在和上次同樣的大雨中回去了。這次聖將撐著雨傘，頻頻地笑著回頭，依依不捨地揮手道別。

一想到明天，就覺得沉重。

但是只要聖將願意相信我，我就要去面對，揮手回應的同時，我下定了決心。

颱風在夜裡遠離，隔天早上一片是萬里無雲的藍天。

上午和居家服務員交替後出了家門，前往車站。和聖將約在地下鐵的票口。

「早安。」

「嗯。」

兩個人沒怎麼開口，走進了月台。即便昨天氣勢凌人的聖將，也似乎掩飾不住他的緊張。

儘管坐上了進線的電車，每當車子搖晃時，便有種想吐的不舒服。不過因為聖將對著我微笑，讓我找回了勇氣。

終於抵達了離杉山家最近的車站。一陣熱風朝著被冷氣吹得冷透了的身體襲來。一瞬間有種頭暈的感覺，短暫地佇立在月台上。

「沒事吧？」

聖將不安地看著我。

「啊啊。我們走吧。」

回程站在這個月台的時候，我會是怎樣的心情呢。

出了地下的票口，爬上階梯往出口走去。腳步漸漸變得沉重、胃部收縮，又開始覺得想吐。往旁邊看了一下，聖將也是一臉慘白。

昏暗的階梯前方，是彷彿被剪開來似的明亮出口。不發一語地走了上去，陽光刺進已經習慣昏暗的眼裡，不由自主地瞇起了眼睛。

就在這個時候，好像看見了什麼。

……欸？

位於出口正對面的車站周邊地圖。看見纏繞在支柱上的東西，一瞬間我大吃一驚。或許是留意到我的視線，聖將也看向它。雖然有些驚訝，不過聖將搖了搖頭。

「只是碰巧啦。」他說。

說得也是，一定是碰巧。我苦笑著往聖將家前進。面對車站周邊地圖向左，然後直走。在第二個紅綠燈左轉。

我們再度停下了腳步。和剛剛相同的東西，纏繞在標誌的支柱上。

我們對看了一下，然後同時跑了起來。杉山的家，要在更前面的巷子右轉。轉彎之後，果然馬上出現了那個東西。而且從轉角到杉山家為止，沿路上的電線杆和行道樹的樹幹上、道路廣角鏡的支柱上都有，隨風飄揚著。

絲帶、

絲帶、

絲帶。

彩虹的絲帶。

我們像是被絲帶引導著，抵達了家門口。看著緊緊綁在大門上的特大絲帶，一句話也說不出來。

這些是……

這到底是……？

「啊，來了來了！」

伴隨著比陽光更明亮的聲音，聖將的母親從玄關現身。

「很熱吧。我做了檸檬汽水。在院子裡喝吧。你們從另一邊繞過來。」

話一說完，聖將的母親便進去了。

我愣在原地，「我們過去看看吧。」聖將自然地牽起了我的手。

手被拉著從大門直接繞到了院子，那裡的光景讓我們再次屏息。
院子中央有大大的遮陽傘，無數的絲帶如同放射似的，從傘頂延伸至環繞著院子的圍籬和樹木上。寬約十公分的絲帶在空中重疊了好幾層，隨風搖擺，給人一種彷彿置身在彩虹裡的心情。
「久等了。坐吧坐吧。」
聖將的母親拿著玻璃水瓶，從客廳的落地窗走了出來。水瓶裡是放滿了檸檬切片和大冰塊的檸檬汽水。陽傘下是白色的庭院桌椅，我們在那裡坐了下來。
「我說莉緒，妳忘了重要的東西。」
優美阿姨拿著一疊玻璃杯，從落地窗走了出來。
「歡迎光臨。雖然這不是我家。」
說著同樣的台詞，優美阿姨把檸檬汽水往杯子裡倒滿。
「雖然今天有點熱，不過睽違已久的好天氣，還是覺得在院子比較好，所以特地從倉庫裡把陽傘給拿了出來喔。總之，喝了這個就會暑氣全消了。多放了一些蜂蜜，超級好喝的喔。」

「優美，我們來喝燒酎檸檬汽水吧。這是一定要的。」

聖將的母親興匆匆地再去把紙盒包裝的燒酎和瓶裝碳酸水拿了過來。

這到底是怎麼一回事。我明明是抱著玉石俱焚的覺悟而來的。往旁邊瞄了一眼，聖將也一臉困惑地四處張望著。

「那個……今天，聖將的父親他……」

「你說阿稻啊？應該差不多快回來了吧？他出門去綁絲帶了。」

也就是說，在從車站到這裡的一路上，綁上彩虹絲帶的，原來是聖將的父親嗎？

「他說不知道你們會走便利商店那條路線，還是公園那條路線，所以兩者都去了。真是個笨蛋。之後要回收不就很麻煩。不過這也很像阿稻的作風就是。」

明明是反對的，又怎麼會……？

我的大腦還在混亂的時候，聖將的父親來到了院子裡。我和聖將反射性地站了起來。

「哎呀……你們已經到了啊。」

聖將的父親有些尷尬地移開了視線，用掛在脖子上的毛巾擦著流了滿臉的汗水。

「那個……」

爸爸，我猶豫著該不該這麼叫，不過還是先不要好了。

「這一切到底是……？」

聖將的父親抓了抓頭後。

「那個……在那之後我想了很久……，也和莉緒和優美談過……找了很多書來看……。」

聖將的父親雖然吞吞吐吐，但眼神直視著我。

「雖然這樣，果然還是無法理解。無法接受。他人的話倒是無所謂。不過，卻偏偏是自己的兒子，覺得不甘心。為什麼偏要選擇辛苦的人生，去躲在陰影下勒，想到我就氣。」

聖將的父親說到這裡，往椅子坐了下去。

「不過，當聽見聖將對我說『是老爸把我趕到陰影下的』……我很SHOCK。只有這一點絕對不行。因此，說實在的，我真的不知道要怎麼處理你們兩個人的事情。我無法積極地支持。我也不想。但我也覺得我不應該反對或是批判。昨天我整晚都沒睡，直到早上都在想到底該怎麼做，然後……」

聖將的父親對著天空，張開了雙手。

「那個。總而言之，今天先接受你們。」

彷彿透過稜鏡的夏日陽光似的、七彩的光。

「講白了，只是漂亮話。也或許是幻想。不過，那樣也沒關係。黃手帕的電影也是，搞不好隔天男主角就和妻子分手了也說不定。但在那個瞬間彼此都接受了對方不是嗎？那才是最重要的對吧。所以我今天決定接受。明天我不知道。明天我或許會用剪刀把絲帶剪得破破爛爛的，再用漂白劑染成白色。即便明天無法接受，但後天也有可能想要接受。未來的事情說真的我不知道。不過只要像這樣一天一天積累下去的話……反正，就是這麼一回事的啦。」

一口氣講到這裡，「啊！喉嚨有夠乾的。一定是因為從早上就跑去Yuzawaya和Hands買絲帶的關係。雖然都沒有賣六色的，但我還是想辦法買到了這麼多的說。」聖將的父親像是要掩飾害羞似的，抓起了桌上的杯子，把檸檬汽水一口乾了下去。

「哇！這什麼東西，裡面居然有酒！」

聖將的父親誇張地嗆到，「真是受不了你耶！老爸。」聖將拍著他的背。聖將的眼睛裡泛著淚光。

我不可置信地、環視著所有人。被接受了。雖然只有今天。雖然不知道明天會如何。不過現在，確實地得到了認同。

「阿稻的狀態會每天更新，不過我和莉緒可是一直站在你們這邊的喔。」

「沒錯。妳說是吧。」

優美阿姨和聖將的母親相視笑著。

原以為是得不到任何人祝福的關係。

原以為要一直躲在陰影下。

可是在這裡，確實有支持著我們的人。即便未來遭遇令人感到沮喪的苦難，只要有了這些人，就什麼也不害怕了。

啊！原來如此。

我們不是在太陽的陰影下。

我們在樹蔭下。

雖然我和聖將承受好奇心的日曬、中傷的雨打，厭惡的暴風雪讓心凍結，但仍有這些人努力地張開樹枝，讓樹葉茂盛，保護我們，給我們喘息的空間。如此一來，我們便能再次充滿力量，並且飛得更高更遠。

這不是Happy Ending。

只是一個中間點。

但是個令人驚奇不已、充滿著光輝和奇蹟的瞬間。

「啊！真是的。這不喝酒不行的啦。」

聖將的父親把檸檬汽水和燒酎倒進杯子裡，再度豪邁地喝了起來。

「阿稻我跟你說，想要加深理解的話，有再適合不過的教材喔。就是『復仇的序曲』、就是『復仇的序曲』。」

「優美，妳給我住口！」

「欸？那是什麼的名字？」

「沒什麼。來喝吧，冰塊都要融化了。」

「好好好。那麼大家，舉起杯子來。」

「乾杯！」

玻璃杯碰撞的清爽聲響，迴蕩在盛夏的院子裡。
不經意地往旁邊一看，聖將憋住聲音，顫抖著肩膀哭著。
為了不讓眼淚掉下來，我仰望炫目的藍天。
濕潤的視野裡，滿滿地飄揚著無敵的彩虹。

兒子的男朋友

息子のボーイフレンド

作　者—秋吉理香子
譯　者—emina
編　輯—黃煜智
校　對—魏秋綢
封面設計—楊珮琪
排版設計—陳姿伃
副總編輯—羅珊珊
總編輯—胡金倫
董事長—趙政岷
出版者—時報文化出版企業股份有限公司
108019台北市和平西路三段二四〇號四樓
發行專線／（02）2306-6842
讀者服務專線／0800-231-705、（02）2304-7103
讀者服務傳真／（02）2304-6858
郵撥／1934-4724時報文化出版公司
信箱／10899臺北華江橋郵局第九九信箱
時報悅讀網—www.readingtimes.com.tw
電子郵件信箱—ctliving@readingtimes.com.tw
思潮線臉書—https://www.facebook.com/trendage
法律顧問—理律法律事務所陳長文律師、李念祖律師
印刷—家佑印刷有限公司
初版一刷—二〇二二年九月二日
初版三刷—二〇二二年十一月十七日
定　價—新台幣四二〇元
（缺頁或破損的書，請寄回更換）

時報文化出版公司成立於一九七五年，
並於一九九九年股票上櫃公開發行，於二〇〇八年脫離中時集團非屬旺中，
以「尊重智慧與創意的文化事業」為信念。

兒子的男朋友 / 秋吉理香子著 ; emina 譯 . -- 初版 . -- 臺北市 : 時報文化出版企業股份有限公司 , 2022.09
304 面 ; 21*14.8 公分 .
譯自 : 息子のボーイフレンド
ISBN 978-626-335-630-6(平裝)

861.57111009385

Copyright © 2020 by Rikako Akiyoshi
All rights reserved.
Originally published in Japanese in 2020 by U-NEXT Co., Ltd., Tokyo, under the title MUSUKO NO BOYFRIEND.
This Complex Chinese translation is published by arrangement with U-NEXT Co., Ltd.

ISBN 978-626-335-630-6
Printed in Taiwan

ALL GENDER
RESTROOM

ALL GENDER
RESTROOM